Chara

サバイバルな同棲

洸

キャラ文庫

この作品はフィクションです。
実在の人物・団体・事件などにはいっさい関係ありません。

目次

口絵・本文イラスト／和鐵屋匠

プロローグ

レオ・ロンハートは車のボンネットに寄りかかり、空を見上げていた。

ちょうど尾根を上ったところなので視界が開け、峡谷を見渡せる。四月の空は青く澄み、ぽっかり浮かんだ丸い雲がゆっくりと流れていく。

自分の黒髪を掻《か》き上げ、レオはその雲を目で追った。この髪は母譲りのものだ。目は黒というより濃いブルーだから、父の遺伝子も受け継いだのだろう。

ここモンタナは、ビッグスカイカントリーと呼ばれている。

東には大平原、西にはロッキー山脈、点在する七つの国立野生動物保護区。人間よりも、自然と野生動物が主役の座を占める土地。

広大な国立公園のすぐ近くに位置するこの町は、あと二ヶ月もすれば訪れる観光客で賑《にぎ》わう。彼らは大自然と古き良きアメリカを求めて、ここにやってくる。

でもここで生まれ育ったレオにとっては、巨大な檻《おり》のような場所だ。悠久の昔から変わらない景色と、小さくて古い町。

年間二百万人近くが訪れる国立公園が、すばらしいのは分かっている。数え切れないほどの湖に、昔の氷河が作り出した独特の景観。

それでも、見慣れてしまえば感動も薄れていく。むしろ、大都会の摩天楼に憧れるのは当然の感情だろう。

いずれはここを出て、新しい人生を手に入れる。空を見上げながらそう決意を新たにするのが、レオの日課になっていた。

何しろ、ほかにあまりすることがない。

大学を中退して保安官事務所に雇われてから、もうすぐ五年目を迎える。副保安官になったレオの使命は、住民の安全を守ることだ。でも、ここでは滅多に事件は起きなかった。

せいぜい酔っ払い同士の喧嘩《けんか》の仲裁とか、夫婦喧嘩の仲裁とか、町一番のカワイイ子をどっちがデートに誘うかで揉《も》めているガキの仲裁とか。

夏のシーズンになれば、山や湖に飽きた観光客で町が溢《あふ》れることもあるが、さほど大きな問題が起きたことはない。わざわざここまでやってくるのは都会の騒ぎから逃れたい連中で、騒ぎを起こしたいわけではないのだ。

彼らがレオに言ってくることといえば、車が故障したとか、トイレはどこだとか、何はどこで売ってるかとか。

副保安官というのは、あちこちから文句を言われるだけの存在だという気がする。だからパトロールの途中で空を見上げ、将来のことを考えるくらいのことは許されると思う。テレビドラマの刑事みたいに捜査する事件もないのだから。

溜息《ためいき》をついてそろそろパトロールに戻ろうとしていると、木立の向こうに飛行機が見えた。双発の小型飛行機だ。

観光客を乗せた遊覧飛行かと思ったが、明らかに様子がおかしい。

機体の後ろのほうから、黒い煙を吹き出している。パイロットは両方のエンジンを吹かして必死に高度を上げようとしていたが、機体は左右に揺れ続け、急速に下降していた。

レオのすぐ頭上を、機体の腹が通過していく。

「まずいぞ」

レオは呟《つぶや》き、車に飛び乗ってアクセルを踏んだ。飛行機を視界に捉えながら、そのあとを追う。飛行機は下降を続け、なんとか平地を探して不時着しようとしているらしい。

翼が木立の上をこすると、方向舵《ほうこうだ》がちぎれるのが見え、飛行機は半円を描いてバランスを失った。エンジンはすでに二つとも止まり、片翼が枝の中に突っ込む。

轟音《ごうおん》と共に飛行機は墜落し、レオの視界から消えた。

レオの車はレンジローバーである。多少の悪路はものともしない。舗装のない横道に乗り入れ、墜落現場に近づけるところまでいく。

木立に阻まれて進めないところで、車を停めた。無線で本部に墜落場所の連絡を入れ、その先は徒歩で向かう。

方向を確認しながら、森の中に足を踏み入れた。木々の間を縫い、密集したシダの中を掻き分けていくと、斜面の下にそれがあった。

飛行機の残骸《ざんがい》が。

翼はちぎれて破片が飛び散っていたが、胴体部分はそのままだ。どうやら頭から突っ込んで枝の間に挟まったらしい。コックピットを下にして、胴体が斜めに傾《かし》いでいる。

レオは斜面を滑り下り、コックピットが覗《のぞ》けるところまでいった。割れたフロントガラスの向こうに、パイロットが見える。

頭から血を流し、ぐったりと動かない。レオは足でひびの入ったガラスを蹴り破った。なんとか身体が入るまで穴を開け、パイロットに触れた。

首筋を探ってみる。奇跡的に、まだかすかに脈があった。枝に引っかかったため、衝撃がいくらか軽減されたのだろう。

「おい、聞こえるか！」

呼びかけてみたが、意識は戻らない。首を伸ばして後ろのほうを覗いたところ、ほかに乗客はいないようだ。

レオはさらに穴を広げ、パイロットを外に出そうと試みた。今のところ火の手はなく、燃料に引火する危険はなさそうだ。でも、まだ完全に安全とはいえない。

身体に食い込んだシートベルトを外そうとしたが、うまくいかなかった。変なふうに歪んでしまったらしい。

なんとか彼を自由にしようと奮闘している時に、声が聞こえた。

「レオ！　どこにいる！」

この声の主のことはよく知っている。子供の頃から。一瞬ためらったあと、レオは顔を振り向けて叫んだ。

「ここだ！」

「声を出しててくれ！」

「こっちだ！　谷のほう！」

呼び交わしているうちに、斜面の上に見知った顔が現れた。

引き締まった筋肉質の身体に、精悍《せいかん》な容姿をしたダークブロンドの美丈夫。彼に熱を上げる女性たちは言ったものだ。ノーとは言えない男だと。

名前はダグラス・ホーン。

同じ町で育ち、高校まで同じ学校だった。それぞれ別の大学に入って離れたのだが、彼は再びこの町に戻ってきた。

国立公園のパークレンジャーとして。

それはレオにとって予想外のことだった。戻ってなどこなければ、もう二度と会うこともなかったのに。

感情を面に出さないように用心しつつ、レオは口を開いた。

「ずいぶん早いお着きだな」

皮肉っぽい口調になってしまうのは、もはや癖のようなものである。彼を前にすると、どうしても普通の態度が取れない。

会うたびに喧嘩をふっかけるレオに、いい加減ダグラスも腹を立てそうなものだが、彼は相変わらずの笑みを見せた。

「ちょうど西側のゲートにいて、お前の無線を聞いた」

「ここは公園内じゃないぞ」

「数キロも離れてないだろう。もし火が出れば、至急対処しなきゃならない。今のところは大丈夫のようだが」

レオは小さく舌打ちした。

パークレンジャーは、内務省国立公園局の所属である。国立公園の環境保護、施設の維持管理、訪れる観光客の案内などもするが、森林火災に対応するのも重要な仕事だ。

さらに国立公園内はかなりの自治が認められているから、レンジャーは逮捕権、司法権を持つ。

つまり、彼らはただの公園管理人ではなく、レオと同業ということになるのだ。レンジャーはいわゆる連邦職員なので、郡保安官の下にいる自分とどっちのほうが立場が上かは、微妙なところである。

「この状況で、心配するのは木や草のことだけか?」

複雑な心境を隠すためにわざと侮蔑《ぶべつ》的な言い方をして、レオは機体の胴体部分を指し示した。

「さっさと手を貸せ。パイロットはまだ息がある」

レオの言葉に、ダグラスは即座に反応した。さっきレオがしたのと同じように斜面を滑り下り、すぐ傍《そば》に来てコックピットを覗く。

「シートベルトが外れない」

そう言いながら、レオは再びベルトの金具に手を伸ばした。すると、ダグラスに後ろから手をつかまれていた。背中に彼の身体が密着し、びくっとしてしまう。

服の上からでも分かる、たくましい胸。彼の体温。

おかしな反応をしないように身体に力を入れ、レオはなるべく平静な声を出した。

「なんだよ、邪魔するな」

「ちょっと待て」

ダグラスは腰のベルトからナイフを引き抜いた。サバイバルナイフで、レンジャーの装備品らしい。

「これで切ったほうが早い」

レオは頷《うなず》いて身体を引いた。正しい指摘だと思ったし、そうすれば彼から離れられる。位置を入れ替えたダグラスが中に入り、ナイフでベルトを切断した。

支えを失って崩れるパイロットの身体を、彼の腕が受け止める。

「このまま引き出すぞ」

「そっとやれよ、頭を打ってるから」

「ああ」

ダグラスがパイロットの身体を抱え、慎重にコックピットから運び出す。レオは足を持ってそれを手伝った。

飛行機からある程度離れ、なるべく平らな場所にそっと寝かせた。

「上に運ぶには担架がいるな。そろそろ保安官が来る頃だから、迎えに行って準備してくる。

お前は怪我《けが》人と飛行機のお守りをしてろ」

「了解」

くったくのない返事を背中に、レオは斜面をよじ登った。

我ながら、もっとほかに言いようがないのかと思う。自分だったら、とっくにブチ切れているはずだ。

でもダグラスは怒らない。それは幼馴染《おさななじ》みで慣れているからなのか、レオのことなど、どうでもいいと思っているからなのか。

彼に軽く受け流されている感じがシャクにさわり、ますますレオの言動が悪化してしまう。そんなことをすれば嫌われるだけだと分かっているのに、自分でもどうにもならない。

ほかにどうすればいいか分からないのだ。レオのことをただの古い友人だと思っていて、たいして気にもしていない男に、どんな態度を取ればいいというのだろう。

レオはダグラスに、ずっと前から恋をしていたから。

レンジローバーのところに戻ると、町のほうから立ち上る土煙が見えた。保安官の車だけではなく、何台も連なっている。飛行機の墜落なんて滅多にない大事件だから、町中の人が押しかけてくるらしい。

次々と車が到着し、静かな森の中は急に喧噪《けんそう》に包まれた。

1

レオの母親が死んだのは、十歳の時だった。

母は美しい黒髪と黒い瞳を持つ、物静かな女性だった。日本からたまたま旅行で訪れた時に父と出会って恋に落ち、ここへ嫁いできたという。

母の故郷の国はこのモンタナ州にすっぽり入る、と聞かされて、レオは驚いたものだ。母が話してくれる知らない国、知らない世界の話は、いつもレオをわくわくさせた。

ある日、ちょっと頭が痛いから、と言って母は病院に行った。ところが検査中に倒れ、緊急手術をしたが間に合わず、そのまま息を引き取った。

頭に動脈瘤《どうみゃくりゅう》があり、それがまさにあの時破裂したのだと、くわしい経緯は大人になってから知った。

だが当時のレオには、何がなんだか分からなかった。夕方には戻る、と言って出かけたのに、どうして帰ってこないのだろう。

ほんの少し前まで、普通に元気に話していたのに。

父に連れていかれた病院で母の遺体と対面した時も、混乱したままだった。分かったのは、母がもう、何も話してくれないということだけだ。

でもレオは泣かなかった。葬儀の間も黙ってじっとしていた。男はめそめそするものじゃない、と父に教わっていたから。

父は保安官で、厳しい父親だった。

市長などに任命される警察署長とは違い、保安官は住民の選挙で選ばれる。それだけに父はより厳格に、公平な立場で職務を遂行していた。

息子といえども、子供っぽい甘えは許されない。父に失望されたくなくて、レオは気丈に振る舞い、一度も涙を見せなかった。

ただ母が死んでから、レオは学校帰りに道草をするようになった。家にまっすぐ帰らず、暗くなるまで近所の森の中で過ごす。

大抵はお気に入りの木の根元で、本を読んでいた。本の中にある未知の世界や冒険は、現実を忘れさせてくれる。

暗くなって字が読めなくなるまで、レオは空想の世界に没頭していた。

そんなある日、いつものように本を読んでいると、いきなり声をかけられた。

「何読んでるんだ?」

驚いて顔を上げたレオの目の前にいたのが、ダグラスだった。

彼は学校で目立つ少年だった。同じ学年の中で一際背が高く、運動神経が抜群。駆けっこで競争すれば誰も彼にかなわなかったし、いじめっ子連中をやっつけたという逸話もある。

レオも彼の名前を知ってはいたが、クラスが一緒になったことはなく、ほとんどなんの接点もない。

なんで彼がここにいて、自分に話しかけているのだろう。本の世界にいた頭がよく事態を把握できずに黙っていると、彼が困った顔をした。

「あー、いきなりごめん。すごく夢中になってるから、そんなにおもしろい本なのかと思って」

「ああ、うん」

レオはようやく彼の言葉に反応し、本の表紙を見せた。

「モンテ・クリスト伯?」

口に出してタイトルを読んだダグラスが、頭を掻く。

「なんか難しそうな本だな」

「そんなことないよ。脱獄と復讐の話なんだ」

「へえ」

興味を引かれたらしく、彼が開いたページを覗く。

「なんかカッコいいな」

「よかったら一巻を貸すよ。おもしろかったら続きも貸すし」

「ほんとか？」

ぱっと明るい顔をして、彼が手を差し出した。

「サンキュ。俺、ダグラスっていうんだ」

レオはちょっと気後れしながら、彼の手を握った。

「君のことは知ってる」

「俺も知ってるよ。君、レオ・ロンハートだろ？」

レオは驚いた。ダグラスは目立つからレオが知っていて当然だが、どうして彼が自分を知っているのだろう。

「前の科学コンテストで優勝してただろ？　あの火山の模型、すげえカッコよかった」

「あれは、アシモフの本にヒントを得て…」

「アシモフって、ＳＦ作家の？」

またしても驚いてしまう。ＳＦ映画ならともかく、ＳＦ小説の話ができる友人はまわりにいない。みんな本を読むより、ゲームをしてるから。

「アシモフを知ってるんだ？」

「SFとか、探偵ものとか好きなんだ。でも、あんまり読む時間がなくてさ。よかったら、おすすめを教えてくれると嬉《うれ》しいな」

「いいよ」

思わぬ接点を見つけ、レオはなんだか嬉しくなった。彼が本好きだとは知らなかったし、正直なところ、こんなに話しやすいとは思わなかった。

「でも、なんでこんなとこで読んでるんだ？」

何気ないダグラスの質問に、どきっとする。

「そろそろ暗くなってきたし、字が読みづらいだろ」

「うん…」

彼とは初めて話したし、それほど互いのことを知っているわけではない。そのことが、むしろ気安さを感じさせたのだろう。

レオはつい本音を漏らしていた。

「家に帰りたくないんだ」

「なんで？　親と喧嘩でもした？」

「家に帰ったら、母さんが死んだのが本当になるから」

口に出してしまったあと、すぐに後悔した。

こんなことまで言うつもりはなかったのに。自分でもうまく説明できないことを、彼に分かってもらえるとは思えない。

レオはずっと、我慢していた。本当は突然の母の死がショックで、悲しくて、父にしがみついて泣きたかった。母がいないことが寂しくてたまらなかった。

でも泣くことはできず、代わりにレオは空想の世界に逃げ込んだ。

家に帰れば母がいて、いつもみたいに迎えてくれる、と思い込むのだ。でも実際に家に帰って、母がいないことを確認してしまうと、現実が押し寄せてくる。

だからできるだけ家に帰るのを遅くして、空想にしがみついていた。その時のレオが悲しみに対処する方法は、それしかなかったのだ。

誰にも言わないつもりだった心のうちを、どうして彼に話してしまったのか分からない。

現実から逃げてるなんて男らしくない、と思われてしまうだろうか。同情されたり、慰めの言葉を言われるのはもっと嫌だ。

でも彼は、何も言わなかった。ただじっとレオの顔を見つめたあと、急に手を差し出した。

「俺と一緒に来いよ。いいもの見せてやる」

「…いいもの？」

「今から行けば、ちょうどいい時間なんだ」

意味がよく分からないまま、レオは彼の手につかまって立ち上がった。手を引かれて、森の中を歩く。

レオが行ったこともない奥まで入り込み、さらに歩く。細い山道をしばらく登ると、岩が自然の要塞のようにそそり立っている場所に出た。

「この岩の上まで登るよ」

「え…」

岩の斜面はけっこう急だし、高さもある。

「大丈夫。俺が手を貸すから」

ダグラスは励ますように笑い、先に立って登り出した。岩棚のところから手を伸ばし、レオを引っ張り上げてくれる。

レオは彼の手にしがみつきつつ、なんとか岩をよじ登った。ようやく頂上まで来て向こう側を見たとたん、レオは思わず声をあげていた。

岩場の下には湖があり、その向こうに広がる山の稜線《りょうせん》に、ちょうど太陽が沈もうとしている。山から湖までが赤く染まって輝き、見たこともないほど美しい光景だった。

「わあ…」

夕日に見入るレオに、ダグラスがにっこりした。

「気にいった？」

「うん」

「ここから見る夕日が一番綺麗《きれい》なんだ。何か嫌なことがあると、いつもここに来る」

レオは夕日から彼に目を移した。

「ダグラスにも嫌なことがあるの？」

「そりゃ、あるさ。でもこの夕日を見たら、なんか元気が出るだろ」

ではは彼は、レオを元気づけるためにここへ連れてきてくれたのだろうか。たったあれだけの言葉で、レオの気持ちを分かってくれた？

赤く綺麗な夕日の色。同じ色に染まったダグラスの顔。

近くで見て気がついた。彼のグレイの瞳は、まるでベルベットのようだ。触れれば温かく感じられるような気がする。

その瞳を見ているうちに、何かが胸に込み上げてきて、レオの目頭が熱くなってきた。堪《こら》えることができず、ぽろっと涙がこぼれてしまう。

ダグラスがぎょっとした顔をして、おろおろと言った。

「ど、どうした？　俺、何か悪いことした？」

レオはぶんぶんと首を振った。

「どっか痛い？　俺がこんな岩を登らせたから…」

「ちがっ…」

レオはなんとか言葉を押し出した。

「か、母さんに、見せてあげたかったと思って…」

ごしごし袖で目を拭《ぬぐ》っていると、ダグラスがぐいっと肩を抱き寄せてくれた。

「きっと、天国から見てるよ」

「うん…」

彼の身体のぬくもりを感じたらますます涙が溢れてきて、レオは困った。

その日、母が死んでから初めて、レオは泣いた。夕日が沈み、彼が泣きやむまで、ダグラスはずっと傍にいてくれた。

そのあと、またダグラスに手伝ってもらって岩棚を下りて、一緒に歩いて帰った。暗い森の道も、彼に手を引かれていれば少しも怖くなかった。

むしろいつまでも、そうしていたいような気がした。

はっと目を覚まし、レオは辺りを見まわした。パソコン画面を見ているうちに、どうやらうたた寝してしまったらしい。

こんな昔の夢を見たのは久しぶりだ。

ダグラスがレオの夢に出てくるのは珍しいことではないが、大抵はもっと大人になっている。ありがたくないことに。

あの頃、まだ子供だった時はよかった。ダグラスは自慢の友達で、本の話をしたり、二人で森を散策したりするのがただ楽しかった。

ほかの友人たちを差し置いて、彼が自分と一緒にいてくれるのが嬉しかった。彼の一番の友達だと思えれば、それで満足だったのだ。

事態が悪くなってきたのは、中学に入ってからである。ダグラスはさらに背が伸び、雰囲気も大人びてきた。

それに伴って、女の子たちの彼を見る視線が熱を帯びてくる。実際に彼が告白されるシーンを目撃した時に、レオの中で何かが変わってしまった。

ダグラスが女の子といるのが、すごく嫌だった。親しげに話していたり、軽く触れられているだけでも、胸の中が焼けるみたいに痛くなる。

始めは、親友が離れていくようで寂しいのだと思おうとした。彼が女の子にもてて、自分より先に彼女ができるのがうらやましいだけなのだと。

一方のレオも、まったくもてなかったわけではない。どこかの美形若手俳優に似てるとか言われたし、実際に告白されたこともある。

でも、女の子と付き合うことに、レオはまるで興味をもてなかった。最初の頃はダグラスも断っていたので、彼もそうだと思っていたのだ。

ところがある時、ついに彼がオーケーしたという噂が流れ、それは事実だった。

ダグラスが女の子と付き合い始め、二人の姿を目の当《ま》たりにすると、自分自身にしてきた言いわけが通用しなくなってきた。

レオがうらやましかったのは、相手の女の子のほうだったから。

その頃から、彼の夢を見るようになった。夢の中でダグラスは、女の子ではなくレオに触れている。

頬を撫《な》で、顔を寄せ、耳元に何か囁《ささや》く。

そして、唇が触れる。レオの唇に。

大抵はそこまでで目が覚めた。あまりにリアルな感覚がして、思わず指で自分の唇をなぞってみたりしたものだ。

そんな夢を見たことに驚き、戸惑って、ついにその夢が自分の願望だと気づいてしまった。彼のことを考えるたびに感じる、胸の痛みの正体にも。

それでもまだレオは、こんな気持ちは間違っている、と自分に言い聞かせ続けた。彼の友人でいたかったから。

自分は男で、あの女の子のように彼の恋人になれることはない。だから、一番の友人でいられればそれでいいはずだったのだ。

でも高校に進学すると、事態はますます悪化した。

アメフトチームに入ったダグラスは、クォーターバックとして大活躍し、スター街道を一直線に駆け上っていった。

ダグラスの人気は校内だけに留まらず、彼がゲームに出る日は町中からすごい数のファンが押しかけた。

花形スポーツ部の花形選手である彼には女の子が群がり、一介の高校生にとって雲の上の存在に近くなってくる。

一方のレオはスポーツより学業成績のほうが有名で、自然とグループが別れてしまった。実際にダグラスは練習と試合で忙しく、レオと過ごす時間が減っていく。

その寂しさを埋めるように、夢はエスカレートしていった。

彼の腕がレオを引き寄せ、強く抱きしめられる。彼の手が頬から首筋をなぞり、胸元にまで触れてくる。

着替えやシャワーの時に見た彼の裸身が夢に登場し、とうとう夢精するに至って、レオは耐えられなくなってきた。

今までと変わらず、友人として微笑《ほほえ》んでくれるダグラスを直視できない。自分がひどく汚いものに思え、彼まで汚してしまったような気がする。

全校生徒から憧れの目で見られるスターと、こんな自分がいったいどう付き合えばいいというのか。

『ちょっとぐらい活躍してチヤホヤされてるからって、いい気になるなよ、クズ』

追い詰められたあげくにやったのが、喧嘩をふっかけることだった。

『その頭の中は、どうせ筋肉しか詰まってないんだろう』

そのセリフでレオは、ガタイのいいアメフトチームのメンバーと、学校中の女の子を敵にまわした。一方で、特別扱いされる『スポーツ馬鹿』を快く思っていない一部の学生たちのヒーローとなった。

本当の気持ちは言えないのに、憎まれ口だけはぽんぽん口から出た。

ダグラスが自惚《うぬぼ》れた『スポーツ馬鹿』じゃないことは、レオが一番よく知っている。だからこそ、平気で口に出せたのかもしれない。

理不尽なレオの批難を浴びるたびに、ダグラスはただ苦笑した。

レオがアメフト部員にボコボコにされなかった理由は、彼が止めていたからだろう。むしろ彼に殴《なぐ》られ、嫌われてしまったほうがすっきり諦《あきら》められたのに。

黙って受け流すような彼の態度は、レオをより頑《かたく》なにして、会うたびに喧嘩越しの態度を取るしかなくなってしまった。

そしてダグラスはクォーターバックとしての才能を認められ、大学にスカウトされた。レオもまた、優秀な学業成績で奨学金がもらえることになり、別の大学に進むことになった。

二人の大学はアメリカ大陸の端と端で、卒業したらそう簡単に会うことはできない。本当はすごく寂しかったのに、レオは最後まで素直になれなかった。

『レベルの違う大学で潰《つぶ》されないように、せいぜい怪我には気をつけるんだな』

卒業間際に言えたのは、そんな言葉だけである。

『お前も元気でいろよ、レオ』

ダグラスはそう言って笑った。

皮肉に交えたレオの本音を、彼は分かってくれただろうか。確かめる術《すべ》もないまま、彼とはそのまま別れてしまった。

実際に距離を置いてダグラスと離れたことが、レオの気持ちを楽にした。もう自分の汚い欲望に気づかれる心配はないし、彼が付き合ってる女性とか、取り巻きの女性とかと一緒にいる姿も見なくてすむ。

会えば憎まれ口をきいてしまうが、遠くから見ている分には素直になれた。

ダグラスがアメフトチームの一年生にして一軍のレギュラーになったと知った時は、飛び上がって喜んだ。

カレッジのゲームはテレビでは観られないが、ネットでは流れている。彼がゲームに出る日は寮の部屋に籠《こ》もり、欠かさずネット中継を見た。パソコンの前で、馬鹿みたいに一人で応援したものだ。

そんな姿を同室のトニーに見られ、『こいつに惚《ほ》れてんのか?』と画面を指さされた時は、心の底から驚いた。

でも、ここで何を話したところで、ダグラスに伝わることはない。それに加えて、長年の片思いで煮詰まっていた心が、捌《は》け口を求めていたのだろう。

妙に開放的な気分になっていたレオは、思わずこう答えていた。

『そうだよ、俺はこいつにむちゃくちゃ惚れてる。それが何か悪いか?』

するとトニーは、にっと笑った。

『悪くないさ。俺もゲイだから、気持ちは分かる。こいつ、すげーカッコいいもんな』

ゲイであることにオープンで、なんの負い目も持っていないトニーと知り合ったことが、レオの救いとなった。

それまで誰にも言えずにいたことを、トニーには話すことができた。自分自身にすら禁じていたダグラスへの想いを。

『相手がノンケだとつらいよな。それもあんなモテる男じゃさ』

トニーはつい憎まれ口をきいてしまうレオの気持ちを分かってくれて、慰めてくれた。

『会わずにいれば、いつか忘れられる。そのうちきっと、もっといい相手が現れるって』

そうして胸に詰まっていたものを吐き出したせいか、あまり夢を見ることもなくなった。

アメフトのシーズンが終わってしまうと、もうダグラスの姿を見ることはできない。そうして会わずにいる時間が、レオの心を鎮めていった。

初めて男同士のセックスを体験した相手は、トニーだった。恋の悩みを聞いてもらって、慰めてもらって、自然な流れだったのだろう。

男同士で実際に触れ合ってみて、改めて自分はゲイなのだと知った。

トニーと抱き合うのは気持ちよかった。彼はいい奴で、確かに好きだったと思う。でも、ダグラスのようにではなかった。

ダグラスだけは、レオの中で特別だったから。

トニーとはしばらく続いたが、そのうちまた元の友人に戻った。お互い、本当の相手ではないと知っていたからだろう。

ダグラスを忘れることはできなくても、胸の痛みは薄れ、レオも少しは大人になった。

そのまま いずれは彼に対する気持ちも風化していき、若い頃の思い出として封印できるはずだったのだ。

だが大学三年の時、レオの父親が胃がんと診断された。父は胃のほとんどを切除して、みるみる身体が弱っていった。

父は『強い男』の象徴だった。信頼の厚い保安官で、厳しい父親で、何があっても揺るがない存在。その父が痩《や》せて弱っていく姿は、レオに故郷に戻る決意をさせた。

大学を中退して久しぶりに帰った故郷は、何も変わっていなかった。ダグラスと歩いた道も、一緒に見た夕日も。

それはレオの心を温かく満たし、不思議と穏やかな気分になれた。

抗がん剤などの治療もむなしく父が死ぬまでの一年間、レオは初めてといっていいほど親子として話をした。母の死は父にとってもかなりのショックで、仕事に没頭して忘れようとしていたこと。

厳しくするばかりで、父親としてレオに何もしてやれずに後悔していることも。

いつも毅然《きぜん》としていた父にも弱い部分があったのだと知って、レオはふとダグラスのことを思った。

彼は完璧な存在だった。アメフト部のヒーローで、女にもてて、強くて優しい。そんな彼に引け目を感じ、傍にいるのがつらかった。でも彼にだって、きっと弱い部分はあるのだろう。アメフトは肉体的にも精神的にも、ハードなスポーツだ。怪我で苦しむことも、プレッシャーで押し潰されそうな時もあったに違いない。

そういう時に、せめてあの夕日を一緒に見たかった。昔、彼がそうしてくれたように。ひどいことを言って喧嘩をふっかけるのではなく、友人としてもっと力になれればよかったと思う。彼に恋などしなければ、それができたのに。

レオが勝手に好きになってしまっただけで、彼は何も悪くないのだ。

父の死後、レオはこの町に残った。かさんだ父の治療費を稼ぐ必要があり、副保安官だったジム・ダントンが後任の保安官に就任して、レオを雇ってくれたからである。

その時は、こういう人生も悪くないかもしれない、と思った。ずっとこの町を出て、広い世界で自分の力を試したかった。奨学金を得て大学に行くのは、その第一歩だ。

でも思わぬ事態でここへ戻り、ダグラスとは違う道を行く。

大学の卒業を前にしたダグラスには、プロからの誘いがあり、ドラフトされるのが濃厚だと伝えられていた。この町で初めてプロのアメフト選手が誕生するかも、と騒がれている。

ダグラスは広い世界に出て、その力を存分に発揮するのだ。プロになれば、彼の人気は全米レベルになり、本当に雲の上の存在になるだろう。

やたら喧嘩をふっかけていたレオのことなど、彼の記憶から消えてしまうに違いない。

それでいいと思えた。

レオは副保安官として、この町を守る。ダグラスの故郷を。彼がいつか帰ってきた時、変わらずにあの夕日を見られるように。

ところがダグラスは、プロへの道をさっさと蹴って、パークレンジャーになったのである。

まわりの期待や、その才能を惜しむ声を意にも介さず。

そして、この町に戻ってきた。

『久しぶりだな、レオ。元気だったか？』

ひょうひょうと声をかけてきたダグラスに、レオは思わず怒鳴ってしまった。

『お前、馬鹿じゃないのか！』

彼の顔を見たとたん、昔の感情がよみがえってくる。

『何百万ドルもの契約を棒に振ってパークレンジャーになるなんて、頭がおかしくなったのか？』

ダグラスはかつてと同じ笑みを見せた。

『パークレンジャーになるのは、俺の子供の頃からの夢だ』

『ＮＦＬ選手のほうがみんなの憧れだろうが。なりたくてもなれない奴が山ほどいるんだぞ』

彼が少し眉を寄せる。

『俺がプロになったら、お前も憧れるか？』

『な…』

はからずも顔が熱くなってしまい、レオはとっさに嚙《か》みついた。

『誰がお前なんかに憧れるか』

『そうだろ？』

ダグラスはにっこりした。

『俺の憧れもパークレンジャーのほうだ。俺はここが好きだし、この雄大な自然を守りたい。これから先もずっと残していけるように』

レオは呆《あき》れてものも言えなかった。

彼はどこかのプロチームで活躍し、遠く離れた場所で華やかな人生を送り、レオとはもう会うこともないだろうと思っていた。

故郷に凱旋《がいせん》した時に、ちょっと顔を見られるくらいだろうと。

それが、こんな簡単に戻ってくるなんて。彼の故郷を守ろう、とか思ったレオの決意をどうしてくれる。

ダグラス自身がそれをやるつもりなら、レオは用なしではないか。

アメフト選手としてがんばる彼の力になれればよかった、などと後悔し、彼がゲームに出るたびに応援しまくった自分が馬鹿みたいである。

何より、せっかく落ち着いたと思っていた心が、思いがけない再会でまた乱れてしまう。

身体がさらにたくましくなり、顔も男っぽくなったダグラスは、前にもましてレオの心臓を暴れさせるのだ。変わらない笑顔と共に。

結局のところ、レオは再び昔のパターンに戻ってしまった。彼の顔を見ると、つい憎まれ口をきいてしまう。

少しは大人になったと思ったのに、自分はまるで成長していない。

救いと言えるのは、ダグラスがほとんど公園内の寮で生活しているということだ。彼が町に来た時になんとか避けていれば、会わずにすむ。

それでも今回のように不意をつかれて出会ってしまえば、また夢を見る。それが子供時代の夢でも、覚めた時はつらい。

幸せな頃の夢だから。

いつまで、こんな想いをしなければならないのだろう。長すぎる片思いは、もはや苦痛でしかなかった。

彼が傍にいるとどうしても諦められないのなら、自分がどこかに行くしかない。

治療費もほぼ払い終わったので、レオはその準備を始めた。通信講座で中退した大学の残りの単位を取得し、大学卒業資格を得たのだ。

これで、採用試験を受けることができる。レオが目指していたのは、ＦＢＩだった。

父の影響か、やっぱり司法にかかわる仕事がしたかった。悪と戦い、人を助ける仕事。ダグラスの夢がパークレンジャーなら、レオの夢は連邦捜査官である。

ＦＢＩはいつでも人員を募集していて、司法機関で働いた経験も有利だと聞いた。副保安官としての仕事も、経験には違いない。

いずれ必ず夢をかなえてＦＢＩに入り、本物の犯罪と戦う。

この町を離れて忙しい日々を送れば、こんな気持ちも落ち着くだろう。ダグラスを忘れられる日もくる。

その時のために、レオは日々勉強にはげんでいた。

でも今は、副保安官としての仕事に集中しなければならない。

レオは自分が作成した報告書をめくった。墜落現場から救出したパイロットは病院に運ばれたが、意識を取り戻すことなく死亡した。

おかしいのは、身元を表すものを何も持っていなかったということだ。

さらに、航空局に事故を報告したところ、その飛行機はどこにも飛行許可を取っていなかった。どこから飛び立ち、どこへ行こうとしていたのか分からない。

個人所有の飛行機だとしても、記録がまるでないのは変である。

ただの飛行機事故とは違う、という感じがした。レーダーに映らないように、わざと低空で飛ばしていた？

いったい誰がなんのために飛んでいたのか。墜落した原因は？

運輸安全委員会の事故調査官が来る前に、レオは独自に調べてみた。事故現場の記録を取り、遺留品も探した。

コーヒーが入ったポットや航空図などは見つかったが、ほかにはたいした荷物がなく、身元が分かるような手がかりはない。

飛行機のほうから持ち主を特定しようとしてみたが、今のところ成果はなかった。あとはブラックボックスで、フライトレコーダーの分析を待つしかないだろう。

事故調査官に渡す報告書に見落としがないか、再度チェックしていると、保安官事務所に訪問者が現れた。

レオの全身が警戒警報を出し、一瞬にして身構える。やってきたのは、ダグラスだった。

「よう、レオ」

いつも通りの、親しげな挨拶《あいさつ》。レオもいつも通り、不機嫌そうな表情を貼《は》り付けた。

「なんの用だ?」

「例の墜落飛行機のことで、何か分かったか?」

ますます顔をしかめて皮肉っぽい声を出す。

「そんなこと、お前になんの関係がある?」

ダグラスは軽く肩をすくめた。

「関係ないはずだったんだが、妙なことになったんだ。今回のことで捜査官が来るらしい」

「捜査官って、ＦＢＩか?」

「そうだ。レンジャーの隊長に連絡が来て、協力するように言われた。あれはただの事故じゃなかったのか?」

レオは頭を巡らせた。

国立公園は連邦の管轄だ。だから公園内で事件が起こると、捜査権は連邦が持つ。それがパークレンジャーだけでは解決できない重大な事件であれば、連邦捜査官の出番だ。つまり、FBIがやってくる。

墜落場所は正確には公園内ではないのだが、そんなことは関係ないくらいの事件だということだろう。

思った通り、あの飛行機には何か大きな秘密があったのだ。

レオの胸が高鳴った。本物のFBI捜査官の仕事ぶりを間近で見られるチャンスである。こんな機会はなかなかない。

「FBIはいつ来るんだ?」

「明日には着くらしい」

「本来の管轄は俺たちだし、きっと合同捜査だ」

興奮を隠せないレオに、ダグラスが苦笑した。

「嬉しそうだな」

「だって、FBIだぞ。本物が見られるのに感動はないのかよ」

「レンジャーになる時に、俺も連邦法執行官養成アカデミーに行かされた」

「へえ…」

レオはつい興味を引かれて聞いてしまった。

「どんなことを教わるんだ?」

「手がかりの探し方ってところだ。不審な場所に停めた車や、トランクからこぼれる白い粉、指紋や血痕やその他もろもろ」

「役に立ったか?」

彼が笑って首を振る。

「犯罪が多いのはヨセミテみたいに入園者の多いところや、都心部に近い公園だからな。ここじゃほとんど必要ないだろ。事件といえばせいぜい、グリズリーに襲われるぐらいだ」

「それも十分怖いけどな…」

しみじみ言ってから、レオははっとした。FBIに気を取られたおかげで、ダグラスと普通に会話することができている。

ちょっと昔に戻ったみたいな…。

「お前がそれほど喜ぶなんて、FBI捜査官に憧れてるのか?」

ダグラスに図星を指され、顔が熱くなってしまった。

かなうかどうかも分からない、レオの夢。

多くの人が夢見るプロ選手の座を捨て、堂々と自分の夢をかなえた彼と比べたら、こんな夢などガキっぽい憧れに過ぎないだろう。

気恥ずかしさを隠すために、再びレオは喧嘩越しになった。

「お前には関係ないことだろう！　連邦職員だからってデカい顔するな。捜査上のことは話せないから、さっさと帰れ。仕事の邪魔だ」

「そう怒るなよ、レオ」

「うるさい！　早く出てけ」

ぐいぐい背中を押して、レオはダグラスを保安官事務所から追い出した。

彼の姿が視界から消えると、レオの身体からがっくり力が抜けた。せっかく穏やかに話ができたのに。またも自分でぶち壊してしまった。

ダグラスに対する態度のほうが、よっぽどガキっぽいに違いない。分かっているのに、どうしても素直になれなかった。

彼に触れた手のひらが、熱を持っているような気がする。

こんな気持ちを抱えたままで、昔みたいな友人には戻れない。ダグラスにとっても、やたらと突っかかるレオの存在は不愉快なだけだろう。

今回のことはいいチャンスかもしれない。ＦＢＩ捜査官に会ったら、採用試験のことを聞いてみよう、とレオは思った。

今度こそ、ダグラスの傍から離れるために。

2

ついにやってきたＦＢＩ捜査官は、二人組だった。

オヘアとヘインズと名乗った彼らは、髪型も服装もよく似ていた。クルーカットに、黒のスーツ。ただ、オヘアは痩せて背が高く、ヘインズはがっしりした体格で横幅がある。

保安官事務所まで彼らを案内してきたのはダグラスで、レオはダントン保安官と共に出迎えた。率先して手を差し出す。

「ようこそ。お会いできて光栄です」

差し出した手を、オヘアは無視した。レオには目もくれずにダントンのほうを見て、おもむろに口を開く。

「捜査は我々が引き継ぐ。回収した証拠品や資料はすべて渡してもらいたい」

挨拶もなければ、なんの説明もしない。有無を言わせない口調で、さらに続ける。

「墜落現場は封鎖する。分かっていると思うが、今回のことは口外しないように」

レオは宙に浮いていた手を引っ込め、わざと茶化すように言った。

「えらく仰々しいですね。あの飛行機には宇宙人でも乗ってたんですか？」

ダントンはにんまりしたが、二人のＦＢＩは口元をゆるめもしない。

「墜落事故のことは、もう町中の人が知ってます。いまさら口を封じても手遅れでしょう」

オヘアがようやくレオを見た。

「君は？」

「副保安官のロンハートです」

「ロンハート？」

名前を反復して眉を寄せる。

「第一発見者は君か？」

「墜落するのを目撃して、最初に現場に着きました。パイロットを救出して病院に運びましたが、数時間後に死亡しました」

ヘインズと目を見交わしたオヘアが、きつい口調で聞く。

「パイロットはまだ息があったんだな？」

「はい」

「何か話したか？」

「いえ、呼びかけても反応がなく、病院でも意識は戻らなかったそうです」

「機体から何か見つけたか？」

「身元を示すようなものは何も。ブラックボックスを回収したので、調査官が来るのを待っているところです」

「その必要はない。すべて我々に渡せ」

「でも運輸安全委員会が調査を…」

「話はついている。もう余計なことはしないでもらいたい」

ぐっと言葉に詰まってしまった。事故がここで起きた以上、副保安官として調査するのは当然であり、その権利もある。

それを余計なことだとは。

気まずい雰囲気の沈黙を、後ろにいたダグラスが破った。

「オヘア捜査官、墜落現場は公園内ではありません。従って、捜査権は保安官のほうにもあります。互いに協力しあったらどうですか？」

ダグラスのほうに顔を向けたオヘアが、肩をすくめてみせる。

「こんな田舎の保安官に何ができる？　せめて邪魔にならないようにしてほしいものだ」

レオはぐっと拳《こぶし》を握りしめた。馬鹿にしきったような態度に腹が立つ。でも、ここでＦＢＩ

と揉《も》めるのは考えものだ。

感情を抑え、なんとか冷静に言葉を選んだ。

「そちらの邪魔をするつもりはありません。ただ、住民の不安を煽《あお》らないためにも、あの事故について何か情報があるなら教えてください。話せる範囲でいいですから」

「君たちが知る必要はない」

オヘアの返事はにべもなかった。

「ただし、君のことはあとでじっくり調べさせてもらう。町を出ずに、おとなしくしていろ」

「どういう意味です？」

「身に覚えがなければ怯《おび》えることもないだろう」

これにはさすがに我慢できなくなってきた。

「俺の何を調べると？　どうして俺が怯えなきゃならないんです」

「少しは自分で考えたらどうだ？」

「納得できないから聞いてるんです。理由を教えてください」

オヘアに詰め寄ろうとするレオを、ダントンが止めた。

「まあ、待て。資料が欲しいというならやろうじゃないか。あっちが捜査するんなら、こっちは楽ができるってもんだ」

「でも保安官…」

「いいから、全部持ってきなさい。言うことを聞いて、さっさとお引き取り願おう。資料を渡したら、君ももう帰っていいぞ。少し頭を冷やすといい」

上司である保安官にそう言われれば、レオは従うしかない。むかむかしながら、レオは自分のデスクに戻った。集めた証拠品や自分が書いた報告書を、段ボール箱に放り込む。

ダントン保安官は穏やかな人柄で、みんなに好かれていた。ただ、少々事なかれ主義のところがあり、法執行官として父のような厳格さには欠けている。

原因の大半は彼の息子のサムにあり、未成年の頃からアルコールの問題を抱えていた。レオより四歳上だったが、よく町で酔っ払って喧嘩している姿を見かけたものだ。

そのうちドラッグにも手を出すようになり、ダントンはその後始末に追われていた。

レオの父親なら容赦なく息子を刑務所に入れるだろうが、彼はサムをかばい続けた。マリファナを売っているのが見つかって何度か捕まったが、彼の尽力で服役したのはわずかな期間だったと聞く。

ダントンの妻はサムが幼い時に亡くなっていて、残った一人息子を溺愛《できあい》する気持ちは分からないでもない。

知り合いに頼まれると交通違反をチャラにしてしまったり、面倒なことはレオに押しつけたりもするが、基本的にはいい人間なのだ。

平和を愛する彼のような保安官は、この町にも似合っていると思う。

でも、あれだけ馬鹿にされたのだから、もう少し怒ってもいいのではないだろうか。

あれがＦＢＩ捜査官というものなのか。地元警察とのイザコザは聞いたことがあるが、あれほど嫌な連中だとは。

しかも、レオを犯罪者扱いしている。いったい何が言いたいのだろう。レオが墜落現場から何か盗んだとでも？

そんな疑いをかけられるとは、侮辱するにもほどがある。

レオは段ボール箱を抱えて戻り、それをオヘアに押しつけた。

「運ぶのはご自分でどうぞ。俺は余計なことをしないように、これで失礼します」

嫌みたっぷりに言い置いて、レオは保安官事務所をあとにした。


事務所から二ブロック先にあるバー『ジャックス』は、レオの行きつけだ。

そこでバーテンをしているティムは、高校時代の同級生である。彼はランニングバックというポジションで、ダグラスと同じアメフトチームにいた。

当然のことながら、その頃は仲が悪かった。

レオがダグラスにふっかけた喧嘩はアメフト部の全員を怒らせたし、互いに悪口を言い合う以外はたいして言葉も交わしていない。

彼は大学に進学せず、高校卒業後は危ない連中と付き合って、まずい事態に陥ったという。その時に保安官だったレオの父に助けられたそうで、恩義を感じていた。

父の病状を気にして見舞ってくれたティムと話しているうちに、実はけっこう馬が合うと分かり、今では友人になっている。

いつものカウンター席に座ってウイスキーを注文すると、ティムがすぐグラスを持ってきてくれた。

「どうした？　今日は早いな」

レオはむっつりと言った。

「仕事がなくなった。ＦＢＩに取られたから」

ティムが眉を引き上げる。

「墜落事故を調べにＦＢＩが来るっていうのは、本当だったのか。どんな連中だった？」

「会えば分かるさ」

それ以上は、何も話す気になれなかった。

たぶん彼らは悪人というわけではない。ただ柔軟な想像力に欠け、自分たちのルールしかない世界にいて、権威には疑いを持っていないのだ。

すべてのＦＢＩ捜査官が彼らのようではないとは思う。でも、がっかりしたのは否定できない。

いうなれば、テレビや映画で見て憧れていた人物に実際に会ってみて、思ってたのと違う、と落胆するようなものだ。

そのせいで、見事に冷静さを失ってしまった。

よく考えてみれば、妙な疑いをかけられたとしても、調べられて困ることは何もない。もっと平然と、プロらしく対応するべきだった。

しかも、あんな風に動揺した姿をダグラスに見られてしまうとは。

「くそっ」

口の中で毒づいて、ウイスキーのグラスを一気に飲み干す。アルコールが喉《のど》を焼き、それが胃の中に無事収まると、気持ちもだんだん落ち着いてきた。

ＦＢＩは飛行機が墜落した原因を調査しに来たわけではない。おそらく彼らは、あのパイロットの正体を知っているのだろう。

わざわざ出張ってくるのだから、重要人物のはずだ。ＦＢＩが追っているような犯罪者か、もしくは協力者。

こちらに何も情報を渡さなかったということは、機密事項ということか。まあ、あの感じだと単なる嫌がらせかもしれないが。

どちらだろうとかまわない。資料は全部渡したが、データはパソコンに入っている。この田舎者の副保安官が、何があったのか解明してやろうじゃないか。

ここはレオの町なのだ。

むらむらリベンジに燃えていると、バーのドアが開いた。入って来た人物を見て、思わず顔をそらしてしまう。

今は特にダグラスと顔を合わせたくない。わざと無視したにもかかわらず、彼はティムへの挨拶もそこそこに、まっすぐレオのところへやってきた。

「ここにいたのか。捜したぞ」

空になったグラスを睨《にら》んだまま、レオはなるべく冷たい声を出した。

「なぜだ？　もう俺に用はないだろう」

「お前のことが気になったんだ。さっきは嫌な思いをしただろう。せっかく彼らに会うのを楽しみにしてたのに」

またも顔が熱くなってしまう。ガキっぽい憧れだったことを指摘されたようで、いたたまれない。

いまさらではあるが、レオは冷静なところを見せようと試みた。

「別に気にしてない。都会のエリートなんて、どれもあんなもんだろう」

「パイロットを一緒に救出したことを話したよ。お前が嘘などつかないことも」

「それはご親切に」

「一緒に捜査できるよう頼んでみるか？　彼らも地元にくわしい人間が必要だろうし」

レオは唇を噛んだ。あのオヘアも、ダグラスのほうには一目置いていたようである。『地元にくわしい人間』として、彼がいればレオなど必要ないだろう。

「余計なお世話だ。連中の世話はお前がしてろ」

「レオのほうが捜査のプロだ」

「アカデミーで習ったことはどうした？」

「そんなもの、お前の経験のほうがはるかに役に立つ」

「いい加減なことを言うな！」

とうとうレオの『冷静さ』がはがれ落ちてしまった。

「お前に俺の気持ちが分かってたまるか！　お情けをかけられるのは真っ平だ」

「そんなつもりは…」

「とっととＦＢＩのところに戻って、ゴマでもすってろ。俺は静かに飲みたいんだ。お前がいると酒がまずくなる」

ダグラスはしばらくレオの顔を見つめ、ふうっと息を吐いた。

「分かった、行くよ。だが何か協力できることがあれば言ってくれ」

返事をしないでいるうちにダグラスは踵《きびす》を返し、バーから出ていった。

再びどっと落ち込んでしまう。またやってしまった。彼は親切心から申し出てくれたのだろう。彼は何も悪くない。

でもダグラスに同情されるのは耐えられなかった。だって、あまりに惨めすぎるではないか。哀れまれるくらいなら、憎まれたほうがいい。

でも、彼は怒らない。あんなことを言われれば腹を立てて当然なのに、彼はただ静かにレオを見るだけだ。

そういうダグラスの優しさが、レオの心を苦しめる。やっぱり早く離れなければ。これ以上、彼を傷つけてしまう前に。

「もう一杯くれ、ティム」

意気消沈しながらお代わりを頼むと、奥のテーブル席にいたティムがカウンターの前に戻ってきた。一部始終を見ていたらしく、ウイスキーを注ぎながら呆れたように言う。

「またダグラスと喧嘩したのか？　相変わらず、仲がいいんだか、悪いんだか分からない奴らだな」

　グラスを手元に引き寄せつつ、レオは眉を寄せた。

「昔から仲はよくないだろ」

　子供の頃はともかく、高校時代の後半はほとんど喧嘩をふっかけていたのだ。

「まあ、お前はさ、俺みたいにスポーツしかできない頭の悪い連中を馬鹿にしてたからなあ。脳味噌に筋肉が詰まってるとかって、けっこうこたえたぜ。学年一の秀才に言われるとな」

　レオは少々赤くなった。

「あれは、悪かったよ。ティムたちのことを言ったわけじゃない」

「お前ほどじゃないけど、ダグラスも成績はよかっただろ？」

「知ってる」

　軽く肩をすくめた。

「ティムだって頭が悪くなんかない。ほんとに頭の悪い奴が、アメフトなんかできるわけないだろ。違うって分かってるから言ってたんだよ」

「なんだ、それ」

ティムはくすくす笑った。

「まあ、なんだかんだ言っても、高校時代は楽しかったな。奴がプロにならなかったのはマジで残念だ。俺は奴と一緒にプレイしたんだって、客に自慢話ができたのに」

ダグラスの友人たちといると、いつもこういう話題になる。自分たちには手の届かなかったチャンスを棒に振ったことが、いまだに信じられないのだろう。

「ダグラスは自分の夢をかなえたんだよ。アメフトの特待生として大学に行ったのも、パークレンジャーになるためだったんだろうし」

「でもNFLだぜ。金も女も好き放題だぞ」

「あいつには、もっと大事なものがあるんだ」

ティムがレオの顔をまじまじと見つめた。

「やっぱお前らってヘンだよな。当人がいないとこだと、互いのことをよく分かってる親友同士って感じなのに」

レオはどきっとし、急いで皮肉っぽい口調に切り替えた。

「子供の頃からの腐れ縁ってだけだ。だいたい、あんな温厚だけが取り柄のぼーっとした奴なんて、厳しいプロの世界でやってけるわけないだろ。怪我する前に戻ってきてよかったんだよ」

　ティムは心の底から驚いた顔をした。

「温厚って、本気で言ってるか？　そんなの、お前に対してだけだぞ」

「え…」

「気性が激しくなきゃ、荒くれ者が集まってるアメフトチームのリーダーはできないって。あいつは怒らせるとマジで怖い。お前のことだって…」

　はっとしたように口をつぐんだティムに、レオは詰め寄った。

「俺がなんだ？」

「あー、いや、お前には言わないように口止めされてて」

「俺も怒らせると怖いぞ。いいから話せよ」

　ティムは溜息をつき、仕方なさそうに口を開いた。

「高校時代のことだし、もう時効だからいいか」

「だからなんだよ？」

「お前、チームの連中を怒らせてただろ。頭がよくて妙に整った顔をしてるから、余計にすかしてる、とか言われてて、一度何人かで捕まえて思い知らせてやろうって話があったんだ。それを知ったダグラスに、お前に指一本でも触れたらただじゃおかないって脅されてさ」

　がりがりと頭を掻く。

「いや、あの時は怖かった。退学になろうが、刑務所に行くことになろうが、必ず潰してやるって言うんだぜ。みんなすげーびびって、お前には絶対手を出すなっていう、不文律ができたんだよ」

「…………」

あの頃、自分が五体満足でいられたのは、ダグラスが止めていたからだと分かっていた。でもまさか、そんな風に脅していたとは。

退学とか、刑務所とか、ただの脅しだとしても馬鹿じゃないだろうか。

そんな価値などレオにはないのに。

「今はお前がいい奴だって分かったけどさ、ダグラスにもうちょっと優しくしてやれよ。なんか知らないけど、あいつにはけっこう冷たいだろ」

レオは何も言わずに、ウイスキーを喉に流し込んだ。

優しくしろなんて、それができたらとっくにしている。一緒に酒を飲んで、昔話をして、言えなかった感謝を伝えて、彼に抱きつきたい。

レオは頭を抱えた。もう、駄目かもしれない。

このままでは、気持ちが溢れ出てしまいそうだ。きっといつかダグラスに、この邪《よこしま》な想いを知られてしまう。

そして、彼を困らせる。あの友情に厚い男を。

その時が来るのが恐ろしかった。想像するだけで、頭がぐらぐらする。レオはウイスキーを追加して、アルコールがもたらす忘却に逃げ込んだ。


翌日、レオは頭に鈍痛を抱えながら仕事に向かった。

さすがに昨夜は飲み過ぎたらしい。アルコールの力で一時は胸の苦痛を忘れても、酔いが醒《さ》めれば元に戻ってしまう。

二日酔いの頭痛も加えて。

コーヒーを飲みつつ通常業務をこなしたあと、レオは再び墜落事故の調査を始めた。ＦＢＩに余計なことはするなと言われたが、しないと約束したわけではない。

パイロットの指紋は、犯罪者のデータベースでヒットしなかった。つまり、前科はないということだ。

ふと思いつき、軍関係者のデータベースにアクセスしてみた。すると、ヒットしたのである。

スコット・ロブソン。元空軍のパイロット。

四年前に不品行で除隊になっている。理由までは分からないが、辞めさせられるような問題を起こしたということだ。

元軍人が、小型双発機をこっそり飛ばしていた理由はなんだ？　なんらかの秘密工作をしていたとか。もしくは腕を見込まれて誰かに雇われたか。

パイロットを雇う理由は、何かを運ぶためである。おそらく通常の便では運べないものを。ほかに同乗者はいなかったから、人ではない。でも、それらしい積荷もなかった。

墜落の衝撃でどこかに飛ばされた可能性もあるが、胴体部分はそれほど破損していないし、レオの捜索で見つからないほど小さいものだとは思えない。

受け取りに行く途中で、その前に墜落したのかも。

レオは地図を引っ張り出し、近辺の飛行場を調べてみた。農薬散布用の離着陸用とか、観光客を乗せるフライト業者とか、双発機が着陸できそうな平原とかも入れると、あまりに多くて候補が絞れない。

なんとかして、ＦＢＩに取られてしまったフライトレコーダーの記録を調べられないものだろうか。

地図を見つめてぶつぶつ言っていると、後ろからダントン保安官に声をかけられた。

「どうした？　何か問題か？」

レオは慌てて地図を伏せた。

「いえ、何も問題はありません」

ダントンは柔和な顔を少ししかめた。

「昨日のことで気を悪くしてないといいんだが。ＦＢＩには逆らえないだろう。私も腹が立ったがね」

「俺のほうこそ、彼らに突っかかるような真似《まね》をしてすみませんでした」

「せっかく君が調べてたのに、残念だったな」

「でもデータは残ってますから。実はパイロットの身元が分かったんです」

レオはそのパソコン画面を開いて見せた。

「彼は元空軍にいました。おそらく誰かに雇われて、何かを運ぼうとしてたんでしょう。ＦＢＩが追っているのは、その雇い主か積荷だと思います」

「ほう」

画面を覗いたダントンが心配そうな顔をする。

「勝手に調べたらＦＢＩが怒らないかね」

「向こうも俺を調べるみたいですから、おあいこです」

「彼らから何か言ってきたか？」

「今のところはまだ。今日は墜落現場にいるみたいですね」

考えるようにダントンが腕を組んだ。

「連中は君に何を聞くつもりだろうな」

「さあ。でも俺には調べられて困ることなどありませんし、逆に何があったのか調べてやるつもりです」

彼らに呼び出された時が、むしろチャンスだ。質問者から逆に情報を引き出す方法もある。彼らがマニュアル通りの尋問術を使うなら、こちらも素人ではないことを教えてやろう。

「何か分かったら、保安官にご報告します」

「あまり無茶はしないように」

溜息をついたダントンが、ふと目を細めた。

「そういうところはお父さん譲りだな。ロンハート保安官も、納得できないことは絶対に譲らない人だった」

少しでも父に似ている、と言われるのは、レオにとって嬉しいことだった。

「お父さんも、今の君を誇りに思っていることだろう」

「でも父には怒られてばかりでしたよ。褒《ほ》められた記憶はほとんどありません」

照れながらそう言うと、ダントンはかすかに笑った。

「身内だからこそ厳しくするべきだ、というのが彼の信条だったからね。前に息子が逮捕された時も、マリファナはたいした量じゃなかったんだが、きちんと責任を取らせるべきだと彼に言われて…」

一つ息を吐いて首を振る。

「私はどうも息子に甘くてな。お父さんはさぞ君が自慢だったと思うよ」

溜息混じりでぽんぽんとレオの肩をたたき、ダントンは保安官室に戻っていった。

サムは定職につかず、いろいろなことに手を出しては失敗しているらしい。そのせいでかなり借金があるという噂も聞く。

息子のせいで苦労しているダントンに町の人たちは同情的で、人情に厚い保安官と言われているし、レオもそう思う。

父が死んだあと、ダントンはすごく親身になってくれたのだ。

ただでさえ息子のことで胸を痛めている彼に、あまり心労をかけたくはなかった。でも今は、この謎を追わずにはいられない。

その夜、家に帰ると、奇妙な感覚がした。

何がどう、というわけではない。部屋の中は朝出ていった時と同じだ。でも、どことなく違和感がある。

レオはいくつか引き出しを開け、戸棚の中も覗いてみた。やっぱりそうだ。ほんのわずか、置いてある位置が違う。

何者かが、痕跡を残さずに家捜ししたような。

玄関に戻り、じっくりとドアを調べた。鍵穴《かぎあな》のところにある、わずかな引っ掻き傷。ピッキングの道具で開けたような跡だ。

この程度の傷で鍵を破れるなんて、プロの仕業だろう。でも泥棒なら、金目のものを探したあと部屋を元に戻したりはしない。調べた限りでは、盗られたものもないようだ。

誰が、何を探している？

どうしてここに来たのか。

ますます深まっていく謎が、レオの保安官魂に火をつけていた。

その日もレオは、夜遅く自宅に戻った。

通常業務に加えてあちこちに問い合わせたり、さらなる情報集めに熱中しているうちに、すっかり時間を忘れていたのだ。

ある意味、こういう捜査をするのは初めてで、やりがいを感じていたのだろう。暇を持て余しているから、余計なことを考える。父が仕事に没頭して母を忘れようとしたように、忙しくしていればダグラスのことを考えずにすむ。

レオが住んでいる家は、祖父が建てたものだ。むきだしの樫《かし》と糸杉でできていて、正面には色あせた白いポーチもある。

町からは離れた場所でまわりに家もなく、森に囲まれた静かなところだ。

母がいた頃はよく一緒にポーチのベンチに座り、木立の向こうに見えるロッキー山脈を眺めた。その時の、木と花と湿った土の匂いを覚えている。

母が死んだあと、父はビールを片手に、時々一人でベンチに座っていた。近寄りがたい感じがして一緒に座ることができず、レオは寂しい思いをしたものだ。

今は、その父もいない。

一人暮らしには、もうすっかり慣れた。むしろ一人でいるほうが気楽でいい。疲れてばったり眠れば、夢も見ないですむだろう。

上着を脱ぎ、シャワーを浴びようとバスルームに向かった。あくびをしながらドアを開け、中に足を踏み入れたとたん、激しい衝撃を後頭部に受けた。

痛みを感じる前に、意識が闇に呑《の》み込まれていった。

気がついた時、ひどく頭が痛かった。二日酔いの痛みとは違う、ずきずきと割れるような痛みだ。

いったい何が起こったのだろう。くらくらして視界が定まらない。なんとか目をこらすと、目の前にあるのはソファの足だ。どうやら、リビングの床に倒れているらしい。

上半身を起こそうとして、気がついた。

右手に、銃を握っている。ベレッタの九ミリ。レオが仕事中に使っている銃だ。

黒光りする金属をぼんやり見つめ、事態を思い出そうとした。

確か自宅に帰り、シャワーを浴びようとしていた。そこで記憶が途切れている。バスルームからいつのまに移動したのだろう。

こんなものを手にしている理由が分からない。

レオは銃の携帯許可を持っているが、自宅には持ち帰らなかった。銃は保安官事務所に保管されていて、パトロールに出る時に受け取っている。

犯罪の多い都会とは違い、ここではそれが通例なのだ。

とりあえず銃の引き金から指を離し、安全装置をかける。それをソファの座面に置き、肘掛《ひじか》けの部分につかまって立ち上がろうとした。

なるべく頭を動かさないようにしたが、めまいがして膝が震えた。痛む後頭部を触った左手がぬるっとする。少し切れて血が出ているらしい。

よろよろと立ち上がって顔を上げ、ぎょっと立ちすくむ。

テーブルの向こうに、人が倒れている。うつ伏せになっていて顔は見えないが、大きな男だ。身体の下から流れ出た血が、床に血だまりを作っていた。

レオは血を踏まないように慎重に近寄り、顔を覗いた。

ＦＢＩのヘインズだった。

黒のスーツにクルーカット。がっしりとたくましい身体が今は力なく横たわり、わずかに口が開いている。

いったい誰が、どうしてＦＢＩ捜査官を殺す?　わけが分からない。

とにかく、まずは電話だ。

まだふらつく足で電話のところへ行こうとした時、いきなりバンッとドアが開かれた。振り向くと、オヘアが血相を変えて立っていた。

床に倒れているヘインズとレオの姿を見て、その目が怒りに燃え上がる。

「貴様…!」

レオは事情を説明しようとした。だが口を開く前に、オヘアが銃を引き抜いた。

「よくもヘインズを……！」

「待て、俺の話を…」

続きを言う暇もなく、銃弾が飛んできた。レオはとっさに身体を屈《かが》め、ソファの陰に飛び込んだ。

「待てって、言ってるだろ！　撃ったのは俺じゃない！」

「黙れ！」

ソファの背もたれに銃弾がめり込む。

信じられない。こっちは丸腰だというのに。それとも、ヘインズ以外は何も目に入っていないのだろうか。

「銃は持ってない！　撃つのはやめろ！」

「うるさい！　俺の相棒を殺してただですむと思うな！」

完全に頭に血が上っている。これはまずい。このままでは本当に撃ち殺されてしまう。

応戦しようにも銃はソファの反対側だし、ここでは誰も銃声に気づかない。助けは期待できないだろう。

レオはソファの下から覗き、オヘアの位置を確認した。こちらに近づき、ソファの後ろにまわろうとしている。

彼が傍に来たのを見計らって、思い切りソファを押して体当たりした。膝の辺りに座面が当たり、彼がバランスを崩す。

その隙にレオは飛び出し、部屋の電気を消した。都会と違って外からの明かりがないため、そうすると部屋は真っ暗になる。

オヘアは視界を奪われるが、レオにとっては勝手知ったる自分の家だ。身を伏せたまま、音をたてないように、裏口へ移動した。

手探りで立てかけてあった傘を見つけ、それを部屋の反対側に投げつける。それが落ちた音に向かって銃声がした瞬間、裏口から外へ飛び出していた。

庭を横切り、木立の中へ走り込む。そこで、携帯電話も車のキーも上着の中だったことに気がついた。

オヘアがスイッチの場所を見つけたらしく、部屋に電気がつく。裏口の戸口に彼のシルエットが浮かび、レオはさらなる暗がりに逃げこんだ。

思い出したように頭が痛み出し、気分が悪くなってくる。

近くの家まで行って電話か車を借りるべきだろうか。しかし、オヘアのあの状態では、何をするか分からない。

相手がＦＢＩ捜査官なら、住人は疑わずにドアを開けるだろう。レオを助けたと分かれば、危険が及ぶ。

まずは、保安官に報告だ。彼の家は保安官事務所の近くにあるから、直接自宅に行けばいい。事情を話し、なんとか対策を講じなければ。

庭のはずれにある納屋まで、暗がりを利用して移動した。そっと中に入り、懐中電灯を見つけだす。

まだ夜は冷えるので、置いたままだった古いジャケットも着込んだ。

オヘアは都会者だから、暗い森の中に入ってしまえば追ってくることはできない。レオは森を抜けて徒歩で町へ向かうことにした。


すぐ、異常に気がついた。こんな時間だというのに、保安官事務所に人がいる。いるのは保安官だけではなさそうだ。

用心して姿を隠したまま、そうっと中の様子をうかがった。

きっちり制服を着た保安官が真ん中にいた。その横に二人の保安官補がいて、町の男たちも数人いる。

窓ガラスを通して、保安官の声が聞こえてきた。

「みんなロンハート副保安官のことはよく知っているし、つらいことだとは思う。だが今の彼は武器を持っていて、危険な状態だ」

よく見れば、全員が銃を携帯していた。保安官補も、臨時雇いの男たちも。

「彼はすでに連邦捜査官を殺している。彼はもう、我々が知っていた人物ではないんだ。自分の身を守るためにも、決して油断するな。いざとなれば発砲してかまわん。なんとしても彼を見つけ出し、次の犯罪を止めるんだ」

冷たい手で心臓をつかまれたようだった。

身体から血の気が引き、足元の地面が抜け落ちたような気がする。レオは窓の下に身を屈め、吐き気と闘った。

すでにオヘアから連絡があり、殺人犯として手配されたということか。武器を持って危険な状態なのは、彼のほうなのに。

こんなに素早く容疑を固められ、追撃態勢が整えられてしまうとは。

事務所の中に動きがあり、捜索隊が出動するらしい。彼らが出てくる前に、レオは急いでその場から遠ざかった。

自首するのが正しいと分かってはいた。でも今の状態だと、姿を現したとたんに撃ち殺されてしまいそうだ。

生きたまま捕まったとしても、殺人容疑は確定だろう。

レオを犯人だと名指したのは、復讐に燃えるＦＢＩ捜査官だ。家のソファに置いてきた銃はおそらくヘインズを撃った凶器で、レオの指紋がべったりついている。

どう釈明したところで、濡《ぬ》れ衣を晴らすのは難しい。無実を証明するには、自分で真犯人を見つけるしかないのだ。

でも刑務所に入ってしまえば、何もできなくなってしまう。

とはいえ、銃を持った男たちに追われている時に、殺人の捜査などできるわけがない。しばらく身を隠して、態勢を整える必要がある。

レオは町から離れ、再び森の中に逃げ込んだ。


懐中電灯の光を頼りに、湿った土の道を進む。何かの動物の声が聞こえ、焦燥感がひしひしと募っていった。

身を隠すといっても、いったいどこへ行けばいいのだろう。持っているものといえば、薄汚れたジャケットに、懐中電灯、ズボンのポケットに入っていた小銭だけだ。

財布もカードも、上着ごと家に置いてきてしまった。

誰かに助けを求めるべきだろうか。保安官は、すでにＦＢＩの言葉を信じ切っている。ティムはかくまってくれるかもしれないが、捜索隊が最初に捜すのも彼のところだろう。ティムに迷惑はかけられない。

頭に浮かんだダグラスの顔を、レオは慌てて追い出した。

彼だけは駄目だ。絶対に。

今頃、彼のところにも知らせが届いているだろうか。レオが連邦捜査官を殺して逃げていると？

犯罪者として追われるレオを、彼はどう思うだろう。軽蔑《けいべつ》する？　哀れに思う？　それとも、何か理由があると考えてくれるだろうか。

胸がきりきり痛んだ。

いまさら彼に信じてほしいなんて、虫のよすぎる話だ。レオはずっと、わざわざ嫌われるようなことをしてきたのだから。

もっと現実的なことを考えるべきである。身を隠すなら、なんとかして町を出なければ。どこかで車を調達して…。

頭ではそう考えながら、足はよく知った場所に向かっていた。

森の奥にある、湖に向かってせり立つ岩の要塞。夕日が一番綺麗に見えると、ダグラスが教えてくれた場所。

こんな夜中に行ったところで、何も見えない。それでも、どうしても行きたい気持ちを抑えられなかった。

木の根につまずきながら、奥へ進む。懐中電灯が照らす輪の中に、飛び込んできた虫の羽がきらりと光る。

岩場にたどりつくと、懐中電灯を口にくわえて岩をよじ登った。子供の頃にはすごく高くて危険に見えた岩棚も、今はやすやすと登ることができる。

それでも頂上から首を出した瞬間、レオは昔と同じように息を呑んだ。月の光が、静かな湖面にやわらかく降り注いでいた。

黒くぼんやりと浮かび上がる、山のシルエット。

夕日の時とはまた違う、幻想的で美しい光景だった。

人間などほんの小さな生き物だと教えてくれる自然の雄大さが、レオの心に沁《し》みいっていく。つらい気持ちになった時、レオはいつもここへ来て夕日を見ていた。元気をもらうために。

たぶんレオには今、励ましが必要だったのだ。

『お父さんも、今の君を誇りに思っているだろう』

ダントン保安官のあの言葉が、レオには本当に嬉しかった。彼のことは子供の頃から知っているし、認めてもらっていると思っていた。

オヘアが何をどう言ったのか分からない。でもダントンは、ろくに調べもせずに彼の言葉を信じてしまった。一緒に仕事をしてきたレオよりも。

『いざとなれば発砲してもかまわん』

彼は今、本気でレオのことを人殺しで危険な人間だと思っている。ほかの連中も同じなのだろう。誰一人、異議を唱えなかったから。

レオはこの町で生まれ育ち、副保安官としての職務を果たしてきた。父のように、人々に信頼される男になりたかった。

でも結局は、この程度のものだったのだ。

いつかFBIに入り、悪と戦って人を助けるって？　今のレオは、立派な逃亡犯だ。猟場の狐《きつね》みたいに追われている。

しばらくはこの美しい風景の中の一部になり、月の光を浴びていたかった。立ち上がって前に進む元気をもらえるまで。

どれくらいそうしていたのか分からない。岩の上でじっとうずくまっていると、背後で物音がした。はっとして振り向けば、木立の中にちらちらする明かりが見える。もう追っ手が来たのだろうか。こんな岩の上では逃げ場がない。

いざとなれば飛び降りる覚悟で身構えた時、声が聞こえた。

「レオ？　そこにいるのはレオか？」

懐中電灯の光が岩場の上を登ってきて、レオを照らした。

「よかった、やっぱりここにいたか！」

レオは手で顔に向けられた光を遮った。

「ダグラス…？」

「ああ、俺だ。今そこに行く」

彼は懐中電灯を消し、月明かりだけで岩を登ってきた。

「ここにいてくれてよかったよ。ほかにどこを捜せばいいか分からない」

そうだ。この場所を知っているのは、ダグラスだけだ。彼はなぜレオを捜しにきた？　何をするために？

今でもレオがよくここに来ることを、彼は知っていたのか。

夕日を見ながら、いつも彼のことを考えていた。ここにいれば、彼と一緒にいるような気分になれたから。

実際に彼がレオのすぐ横に座ると、心臓の鼓動が跳ね上がってしまう。こんな状況だというのに。

「夜に来るのもいいもんだな」

湖を見ていつもと同じように笑うダグラスから、レオは目をそらした。

「俺を捕まえに来たのか？」

「え？」

「知ってるんだろう。俺が殺人で手配されたことを」

「ああ、知ってる」

「だったら早く逮捕しろよ」

「どうしてだ？」

「レンジャーにも銃の携帯許可があるし、逮捕権もあるだろう」

「無実の人間を逮捕する権利はない」

「な…」

レオは思わず彼のほうを見た。

「俺が無実だと思うのか？」

「当たり前だろう。お前が人を殺すわけがない」

こともなげにダグラスが言う。

「俺はお前が心配で来ただけだ」

「………」

胸に何かが込み上げてくる。

どんなに時がたって、互いの状況が変わっても、ダグラスはダグラスなのだ。彼はなぜかいつも、レオが言ってほしいことを言う。

自分は彼にひどいことしか言えないのに。

「レオ？　大丈夫か？」

身体に力を入れ、ぐっと唇を嚙みしめた。そうしないと、昔みたいに彼の胸にすがって泣いてしまいそうだから。

「お前、馬鹿じゃないのか」

かろうじて、かすれない声が出た。

「証拠の銃も、証人のＦＢＩもいるんだぞ。保安官なんか、俺を危険人物扱いだ。釈明もせずに逃げてる俺は、どう考えたって怪しいだろ」

「誰が何を言おうと、お前は犯人じゃない。逃げることについては、俺も賛成だ」

「へ？」

「ＦＢＩはともかく、保安官まで殺気立っている。おかげで町中がぴりぴりしてるんだ。無実を証明するにしても、少し時間を置いたほうがいいだろう」

レオは目を瞬いた。てっきり自首をすすめられると思ったのに。

確かにさっきは身を隠して真犯人を捜そうと思ったが、現実的な案じゃないと分かってきたところだ。

大都会なら人混みに紛れることもできるが、ここではそうもいかない。かといって町を離れてしまえば、真犯人など捜せない。

車にしろ食べ物にしろ、この状況で手に入れるには盗むしかなく、結局は犯罪を重ねることになる。

永遠に逃亡者になるか、裁判に望みをかけるかの二択しかないのではないだろうか。

「逃げるっていっても限界があるだろ。金も身を隠す場所もないし」

「俺に考えがある」

レオは彼の顔を見据え、大きく首を振った。

「それは、駄目だ」

「まだ何も言ってないぞ」

「俺をかくまったりしたら、お前まで罪に問われる。それくらいなら、俺が刑務所に入ったほうがマシだ」

「俺の心配をしてくれるのか？」

嬉しそうに言われてしまい、かっと顔が赤くなる。

「馬鹿言うな。お前に借りを作りたくないだけだ」

気づいた時には、また憎まれ口をきいてしまった。せっかく信じてくれた彼に、我ながら呆れてしまう。

もはや条件反射みたいになっていて、この期《ご》に及んでも直せない。これ以上馬鹿なことを言う前に、咳払いをして話を元に戻した。

「ともかく、なんとか保安官に事実を伝えて、ちゃんと調べてもらえるように…」

「そんな余裕はないんだ」

ひどく真剣な顔になり、ダグラスが重々しい声を出す。

「お前の射殺許可が出てる」

「射殺…？」

レオは呆然《ぼうぜん》とした。

そんな許可が出るのは、よほどの緊急事態だろう。ほかの人の命が危険にさらされている、というような。

いざとなれば発砲してもいい、というのと、射殺してもかまわない、というのでは、かなりの違いだ。

いったいいつのまに、それほどの凶悪犯になったのか。

「お前が濡れ衣をきせられて射殺されるくらいなら、俺が殺されたほうがマシだ」

「ダグラス…」

「何をするにしても、まずほとぼりを冷まそう。言っとくが、無理やりにでも連れてくぞ。お前の命がかかってるんだからな」

レオにはもう、何がなんだか分からなかった。

保安官事務所に銃を持って集まった男たちとは、全員顔見知りだ。さほど親しくない者もいるが、友人だと思っていた相手もいる。

その彼らが、レオを殺しにやってくる?

さすがにショックを隠せないレオの肩を、ダグラスがぐっとつかんだ。

「大丈夫だ、レオ。今はなんだか集団パニック状態みたいになってるが、ちゃんとお前を信じてる人たちもいる。少し時間を置いて落ち着けば、みんなお前が犯人なんかじゃないと分かるはずだ」

そのまま肩を抱き寄せられ、彼の胸に顔をつけた。

温かい。

彼のぬくもりが、冷えたレオの心を温めてくれる。追い詰められていた気持ちが、溶けるようにゆるんでいく。

彼の力強い心臓の鼓動を聞いていると、ひどく安心できた。自分は一人じゃないと感じられるから。このまま、ずっとここにいられれば…。

そこで、はっと我に返った。慌ててダグラスの胸から飛び離れる。

「な、何してるんだ」

「何って、初めてここに来た時と同じことだろ」

レオはぐっと詰まった。

「覚えてたか…」

「当たり前だ。あの時はレオに泣かれちまって、心底焦ったからな」

かあっと赤くなり、思わずわめいた。

「あれは、母が死んだすぐあとだったからだ！　もう忘れろ」

「あの時はあんなにかわいかったのに」

「うるさい！　お前は昔から無神経な奴だったよ！」

ついムキになって悪口を言うと、ダグラスがにっこりした。

「いつもの調子に戻ったな」

まるでそれを合図にしたように、腰を上げる。

「そろそろ移動するぞ。夜が明ける前に距離をかせごう」

ああ、畜生。

口に出さずにレオはうめいた。

自分に元気をくれるのは、やっぱりダグラスだけなのだ。ここの夕日だって、本当は彼と一緒に見た記憶がレオを元気づけていた。

自分にとって彼が特別な存在だということを、再認識させられてしまう。

この町を出て、彼と離れて、なんとか忘れようと思っていたのに。

「ほら」

ダグラスが当然のように手を差し出す。無意識のうちにその手につかまろうとして、レオは急いで引っ込めた。

「もうガキじゃないんだ。自分で下りられる」

「そうか」

小さく笑って彼が先に岩棚を下りていく。続いて下り始めながら、レオはちょっと後悔した。意地を張らずにつかまっておけばよかった。

なんの疑いも持たれず、彼に触れるチャンスだったのに。

くだらないことを考えていたせいか、月の光だけではよく見えないせいか、レオは最後の足場を踏み外した。

　ずるっと滑って落っこちた身体を、たくましい胸が受け止めた。

「おっと」

　背後から抱きしめられるような格好になり、心臓がどくっと鳴る。一気に身体が熱くなり、レオは焦った。

「放せ！」

「助けてやったのに」

「別に頼んでない」

　じたばたと暴れ、彼の腕の中から抜け出す。ダグラスが溜息をついた。

「だから最初から俺につかまっとけよ」

　自分でも確かにそう思う。

　手に触れるだけならともかく、こういう事態は心臓に悪い。まわりが暗くて何よりだった。そうでなければ、真っ赤になった顔に気づかれてしまっただろう。

　動揺を隠すために、レオは慣れた手法を使った。つまり、彼に突っかかるのである。

「足を踏み外したのは暗かったせいだ。だいたい、この程度の高さなら落ちてもたいしたことないだろ。余計なことすんな」

　ダグラスは両手を挙《あ》げて降参の仕草をした。

「分かったよ。でもこれからは、俺の言うことを聞いてくれ」

　レオは身体に残る彼の感触をなんとか追い払い、冷静な声を出した。

「何をするつもりだ？」

「とりあえずは身を隠す」

「どこへ？　町を出る道はたぶん検問されてるし、俺の知り合いの家は全部調べられるぞ」

「検問のないゲートがあるだろ？」

　ダグラスがにやっとした。

「国立公園だ」

3

ダグラスの言った通り、公園のゲートは簡単に抜けられた。

レオは後部座席で毛布をかぶり、荷物の隙間《すきま》に伏せていたのだが、ゲートの警備員は中を調べようともしなかった。

ダグラスに向かって、『お帰り』と挨拶《あいさつ》しただけだ。こんな夜中によく帰ってきたりするのだろうか。

パークレンジャーだって人間である。たまには町に出て、ハメを外したい時だってあるに違いない。

ふと考えた。アメフトをやっていた頃はともかく、この町に戻ってきてから、ダグラスと付き合っている女性の噂を聞かない。

ほとんど公園内の寮にいるから、あまり出会いがないのだろうか。

でも女性のパークレンジャーもいるし、夏になれば観光客が押し寄せる。彼が相手に困るとはとても思えない。

どちらにしても、レオには関係のない話ではあるが。

ダグラスはゲートを抜けてからも、ずっと車を走らせていた。毛布から顔を出し、こそっと窓から外を覗《のぞ》いてみる。

闇に沈む木々が枝を広げ、まわりを覆っていた。その隙間を、ヘッドライトを頼りにダグラスが着実に抜けていく。

まるで異世界の深淵《しんえん》に進んでいくようだ。

暗闇と車の振動が心地好《よ》く、過酷だった一日の疲労がのしかかってくる。レオがうとうとし始めた時に、車が停まった。

「ここで降りるぞ。車で行けるのはここまでだ」

「うん…」

レオは目を擦りながら身体を起こした。窓の外は暗く、建物があるかどうかも分からない。ドアを開け、辺りを見まわした。

「どこかの施設とかに隠れるのか?」

公園内にはホテルや自然保護のための研究施設がある。使われていない倉庫などがあれば、隠れ場所には最適だ。食料を運んでもらう必要はあるが、しばらくは潜伏できるだろう。

「いや。もっと奥へ行く」

　ダグラスは首を振ってそう答えた。

「ここには、人が足を踏み入れない場所がいくらでもある。パークレンジャーでも知らないようなところだ」

「でもそんな場所だと、俺が暮らせないんじゃ…」

「心配するな」

　自信に満ちた声で言って、車から荷物を下ろし始める。中身の詰まったバックパックが二つに、寝袋、膨らませて使うゴムボート。しばらくはキャンプできそうな量だ。

　レオは目を丸くしてしまった。

「これ、いつ用意したんだ?」

「お前の射殺許可が出たと聞いてから、すぐに」

　では彼があの岩棚に来た時、すでにこれを準備していたのだ。

「初めから俺を逃がそうと思って…?」

「やってもいない罪でお前が撃ち殺されるのを、黙って見ていられるか。それにきっとお前は、自分で真犯人を捜すに違いないと思ったからな。そのためには、時間を稼ぐ必要があるだろ」

「どうして俺がやってないって断言できるんだよ?」

「お前をよく知ってるからだ」

「……………」

胸が痛くなるようなこんな彼の信頼に、自分は値するのだろうか。彼の友人としての好意を、ずっと裏切ってばかりいたのに。

涙腺がゆるみそうになり、慌てて彼に背を向けた。

「どうした?」

「いや、さすがに眠いんだ」

レオはごまかし、袖で目を擦った。

「もう少しがんばってくれ。休むのは安全な場所に出てからだ」

「分かってる」

大きく息を吐いて気持ちを落ち着け、彼の作業を手伝うことにした。よく見れば、すぐ前方に湖がある。かなり大きいものらしく、見渡す限り暗い湖面が広がっていた。

ダグラスと一緒に、ゴムボートを岸辺まで運んだ。彼が何かを引き抜くと、ゴムボートが一気に膨らむ。

そこに荷物を載せ、まずレオが乗り込んだ。ダグラスがボートを湖面に押し出し、自分も乗る。セットしたオールで、湖の中に漕ぎ出した。

ひどく静かだった。湖面は波もなく、ダグラスが漕ぐオールの音だけがする。彼の力強いピッチで、瞬く間に岸辺が遠ざかっていった。

「向こう側に渡るのか？」

「ああ。痕跡が消えるし、距離を短縮できる」

痕跡を消す。捜索隊も、いずれは国立公園に逃げ込んだと考えるかもしれない。追っ手がここまで来た場合に備えているのだ。

「犬とか使って山狩りすると思うか？」

ダグラスが口元を引き上げた。

「犬はキャンプ地以外には入れない。たとえＦＢＩでも、公園内で好き勝手はできないさ。やったところで無駄だと思うけどな。夏中かけても、全域を捜索するのは不可能だ」

「…ほんとに広いよな、ここ」

確か四十万ヘクタール以上の広さがあり、そのほとんどが森林と山と湖だ。氷河によって削られた険しい山々。その間に広がる、無数の湖。

高地のほうは、まだ雪に覆われているだろう。

車ですぐ行ける距離にありながら、レオがこの公園内で過ごした経験といえば、ボーイスカウトのキャンプくらいのものだ。家のまわりに森や川があったので、特に観光に行く必要を感じなかった。

それが今こうして、ダグラスと湖を渡っているなんて。

いや、妙な感慨にふけっている場合じゃない。彼は危険を冒して、逃亡犯のレオを逃がしてくれているのだ。

「漕ぐのを交代するか？」

せめて労働力を提供しようと思ったが、ダグラスは首を横に振った。

「心配するな。お前は少し休んで体力を蓄えててくれ。このあとは歩きだから」

「まだ先は長いのか？」

「たいした距離じゃない」

その言葉が大嘘だということを、レオはこのあと知ることになった。

「目的地はまだなのか？」

レオは何度目かの質問をした。

「もうすぐだ」

「お前、さっきもそう言っただろ」

「少し休むか？」

「馬鹿言うな。俺はぜんぜん疲れてない」

レオは強がりを言って、肩に食い込むバックパックを担ぎ直した。

湖を渡ったあと、二人はボートを岸に引き上げ、念のために木の枝で隠した。それからそれぞれ荷物を担いで出発したのだが、ダグラスのペースに合わせるのは大変だった。

狭い獣道は月の光も届かず、懐中電灯で照らすには限界がある。ただでさえついていくのが大変なのに、枝に引っかけられたり木の根に躓つまずいたりして、さらに遅れてしまう。

ダグラスは時々足を止め、追いつくのを待ち、また歩き出す。彼に気を遣われ、わざとペースを落とされたりしたら、レオが怒ると分かっているのだろう。

それはその通りなのだが、さすがに体力が切れてきた。

常識的に考えてみれば、プロにスカウトされるほどの元アメフト選手で、山歩きのプロにかなうわけがない。

変な意地を張らずに、休もうと言えばよかった。

いい加減、彼に食ってかかる癖は直そう、と思いつつ歩き続けていると、少し開けた場所に出る。そこで、ようやくダグラスが足を止めた。

「ここで休憩しよう」

「助かった…」

もはや強がりも限界になり、正直な感想が口から出た。レオはバックパックを肩から下ろすや、ぺたっと地面に座り込んだ。

「よくがんばったな」

子供に対するような褒《ほ》め言葉を言いながら、ダグラスが水筒を差し出す。レオはそれを奪い取るようにして、ごくごくと水を飲んだ。

彼のほうは、息を乱してもいない。

「足手まといで悪かったな」

くやしそうな口調にダグラスが笑う。

「都会から来た観光客なら、天気のいい昼間にこの半分のペースでとっくにへばってる。お前なら、ついてこれると思ったよ」

レオはぶつぶつ言った。

「FBIの採用試験に山歩きがあれば、合格確実だな」

「FBI?」

驚いたように彼が繰り返した。

「採用試験を受けるつもりだったのか?」

「ああ、まあ…」

　ここで嘘をついても仕方ないだろう。憧れていたのはバレてるし、もう隠す必要もない気がする。レオは溜息《ためいき》をついて続けた。

「この町を出て、アメリカ全土を股にかける連邦捜査官になりたかった。今となっては、夢のまた夢だけど」

　連邦捜査官殺しとなれば、逆にアメリカ全土で追われることになる。皮肉な事態になってしまった。

「まあ、どのみち無理だったかもしれないし」

「いや」

　ダグラスは静かに返事をした。

「お前なら、いい捜査官になれるだろう」

「それは、どうも」

　疲れているせいか、憎まれ口が出てこなかった。

　信頼してくれるのを素直に嬉《うれ》しいと感じてしまう。でもこの先のペースは、観光客と同じでいいかもしれない。

ダグラスとのレベルが違いすぎて、張り合う気が失せてしまった。

気がつけば、もう空が白み始めていた。長い夜が終わり、朝の光が木漏れ日となって暗い森から闇を追い払っていく。

レオは懐中電灯を切って伸びをした。

不思議なもので、明るくなってくると緊張感もゆるんでくる。ごろりと大の字になろうとしたところ、たまたま置いたバックパックに頭が当たった。ずきっと鋭い痛みが走り、思わず身体を丸めて頭を抱えた。

「いてて…」

「レオ?」

ダグラスがぎょっとしたように飛んできた。

「どうした?」

「いや、殴《なぐ》られたところに荷物が当たって…」

「殴られたって?」

彼が後ろから頭の横に手を添え、怖い声で言う。

「見せてみろ」

声の迫力に押され、そろそろと押さえていた手を外した。彼が息を呑《の》む。

「怪我《けが》してるじゃないか」

「たいしたことない」

次々と起こった緊急事態のせいで、すっかり頭の痛みを忘れていた。血も止まったようだし、それほどの傷ではなかったのだろう。

でも、かなりコブになっているらしく、触るとびりびり痛んだ。

「すまん、レオ。暗くて気づかなかった」

「お前が謝ることじゃないだろ」

「頭を打ってるなら、医者に行くべきだったな」

「ここまで来て、何をいまさら」

からかうように笑って彼の顔を見ると、ダグラスの妙に真剣な目とぶつかった。

「必要なら、担いででも医者につれていく。お前に何かあったら、俺は一生、自分を許せないだろう」

どきりとして息を呑み、レオは慌てて言った。

「大袈裟《おおげさ》すぎるぞ。こんなの、たいした怪我じゃない。ちょっとコブになっただけだ」

「めまいがしたり、気分は悪くないか?」

「初めはくらくらしたけど、もうなんともない」

「指を目で追ってくれ」

ダグラスが目の前で立てた指を、ゆっくり動かす。レオは言われた通りに目で追った。

「ほら、大丈夫だろ。アメフト選手だって、脳震盪《のうしんとう》をよく起こすじゃないか」

「それとは違うだろう」

ふうっと息を吐き、ダグラスは少し身体の力を抜いた。

「血は止まってるが、傷口の消毒はしたほうがいいな」

ダグラスはレオから離れ、荷物から救急キットを取り出した。レオとは違い、彼は文明社会から離れてキャンプすることに慣れているのだろう。さすがに用意周到である。

消毒薬を持って戻ってきたダグラスが、それをガーゼに浸して傷口を拭《ぬぐ》った。

「いてっ」

びくっとして振り向くと、ガーゼが赤く染まっている。乾いた血が髪にこびりついていたらしい。

「適当でいいぞ」

「いいから、おとなしくしてろ」

ダグラスがレオの顔を戻させ、再び手当てに戻った。

「何か硬いもので殴られたな。誰にやられた?」

「殺人犯に決まってる」

ダグラスが手を止めた。

「どういうことだ？」

いまさらな質問に、ちょっと呆《あき》れてしまった。

「普通は最初に、何があったのか聞くもんだぞ」

「何があったにせよ、お前がハメられたのは分かってたからな。あとはディテールの違いだろう」

「ディテールって…」

殺人事件だというのに、些細《ささい》なことのように言う。こんなアバウトな性格で、よくクォーターバックなんか務まったものである。

「今聞くから、何があったのか教えてくれ」

「仕方ない」

彼には聞く権利があると思うので、レオは自宅に帰ってから起きたことの一部始終を話した。

まるでもう、ずっと昔のことのように思える。実際にはたったの一晩だ。その間にレオは殺人犯になり、射殺許可の出る凶悪犯になった。

話を聞き終わったダグラスが、うめくように言う。

「見え見えの罠《わな》なのに、どうしてこんなに事態が悪くなったのか、理解に苦しむな」

「俺もだ」

誰もがあまりにも簡単に、レオを犯人だと思い込んだ。ＦＢＩも保安官も。本物の殺人犯の思惑通りに。

レオの人徳がないせいだとしても、展開が急すぎる。

ダグラスは丁寧に傷口を拭ったあと、傷薬を塗った。さらに頭に包帯されそうなのを見て、身体を引く。そんなものを巻いたらカッコ悪すぎるだろう。誰に見られてもいいが、ダグラスの前では嫌だ。

「そこまでしなくていい。ただのコブなんだから」

彼は溜息をつき、包帯をしまった。

「いいか、気分が悪くなったりしたらすぐ言えよ」

「分かってるって」

彼が救急キットを荷物に戻し、自分のバックパックを背負う。続けてレオのバックパックを片方の肩にかけた。

「何してる？」

「あと、もうひとがんばりできるか？」

「それはいいが、俺のバックパックを寄越せ」

「怪我人に持たせられるか」

「ぜんぜん平気だって言ったろ。今まで持ってきたんだから、俺に持たせろ」

「いいから行くぞ」

「ちっともよくない。おい、待てよ」

荷物を持ってさっさと歩きだすダグラスを、急いで追いかける。二人分を担いでいるのに、彼の歩調は前と少しも変わらない。

それからの道中は、えんえんと荷物の奪い合いをすることになってしまった。


ようやくダグラスが『着いたぞ』と言ったのは、それから二時間後ぐらいのことである。

結局、荷物を彼から奪うことはできず、レオは手ぶらで歩くことになってしまった。女子供みたいな扱いをされたのは腹が立つが、助かったのは否めない。

文句を言い続けたせいで、息が上がっていたから。

彼が言う『目的地』は、木立の中に建つ、煉瓦《れんが》造りの小さな小屋だった。ちゃんと煙突もついていて、古ぼけてはいるがまだ十分使えそうだ。

「ここは？」

「前に偶然見つけた。たぶん、この辺りが国立公園に制定される前に作られた狩猟小屋だろう」

こんな奥地に、何十年も朽ちない頑丈な家を建てた昔の狩人はすごいと思う。

今でも町の住人のほとんどが猟銃を持っていて、カモとかウサギとかを捕って夕食にするのは珍しいことではない。

でも、国立公園内での狩猟は禁止だ。一方、魚釣りは許可さえ取ればどこでもでき、バスなどの特別な種類以外は捕獲制限もない。

「ほかに知っている者はいないから、誰にも見つからない」

「なるほど」

確かに、ここまでは追っ手も来ないに違いない。でも、レオのほうもここからどこへも行けなさそうである。

ボートがある湖まで、どうやって戻ればいいのか見当もつかない。

「ほとぼりが冷めたら、ちゃんと迎えに来てくれよ。俺が森で迷って、のたれ死ぬ前に」

半分本気で言ったのだが、ダグラスは妙な顔をした。

「迎えには来ないぞ」

あっさり言われてぎょっとする。

「な、なんで?」

「俺も一緒に住むからだ」

レオはぽかんと口を開けてしまった。

ダグラスと一緒に住む?　ここで?　二人で?

最低なことに、初めに感じたのは嬉しさだった。彼と一緒にいられるということを、心が勝手に喜んでしまう。

でもすぐに、頭が理性を取り戻す。そんなこと、できるわけがない。現状を考えれば、絶対に駄目だ。

理性の声が勝つと同時に、レオはいきなり怒鳴っていた。

「馬鹿言うな!　お前がここに住めるわけないだろ!」

「どうしてだ?」

「お前まで逃亡犯になるつもりか?　俺と一緒に姿を消せば、共犯だと思われるぞ!」

ダグラスに害を及ぼすようなことだけは、絶対に避けようと思っていたのに。

レオの逃亡を助けた時点で、すでに十分まずいことになっている。何を考えていたのだろう。

追い詰められていた時に彼が現れて、つい頼ってしまった。

初めから、ついてくるべきじゃなかったのだ。

「今から戻れば、適当に言いわけできるだろ。道に迷ったとか、釣りでもしてたとか。俺のことを聞かれても、絶対にシラを切り通せ。何も言わなきゃ証拠はないんだから、お前を逮捕なんかできないはずだ。変に疑われるようなら弁護士を雇え。とにかく、まずは自分の身を守るんだ。分かったら、さっさと帰れ！」

今までにないほど真剣に、必死で言い募ったレオの言葉を、ダグラスは平然と受け流した。

「俺は帰るつもりはない」

「駄目だって言ってるだろ！」

怒り心頭に発して、地団駄を踏んでしまう。

「だいたいお前、仕事はどうするつもりだ！　プロの道を蹴ってまでなったパークレンジャーを、クビになってもいいっていうのか！」

「俺はこれから休暇を取ることになっている」

「え…？」

「昨夜、すでに許可は取ってある。キャンプ場が開く六月までは仕事も少ないからな。この機会に、トレイル調査をすることにした」

「トレイル調査?」

「レンジャーは毎年、公園内にいる野生動物の生息地や原生林の状態を調査することになってるんだ。もともとの予定を少々前倒しして、休暇を兼ねてのんびり見まわってくると言ったら、隊長も賛成してくれてね。仕事熱心だと褒められたぞ」

「お前、それって…」

「ここで過ごすのも仕事のうちだ。それにな、レオ。お前、自分で火をおこせるのか?」

「…火?」

「スイッチ一つで火がつく町とは違うんだぞ。お湯をわかすにも火は必要だ。ずっと携帯食料と水だけで過ごすつもりか?」

確かにそうだ。当然だが、ここにはガスも電気も通っていない。改めて考えてみれば、いろいろと不安があるような気がする。

「俺がいなきゃコーヒーも飲めないだろう」

「う…」

レオは言葉に詰まった。

アウトドアの経験がボーイスカウトのキャンプだけだというのは、かなり不利である。しかも、ダグラスはきっちり自分の立場を整えてきた。

確信犯だ、と思う。初めからこうするつもりで、準備万端でやってきたというわけだ。レオ一人ではこんな場所で暮らせそうにないのも、計算に入れていたに違いない。

彼がこれほど頭のまわる男だったとは。

逃げ道を塞がれて、うまい反論を思いつけなかった。たとえダグラスの立場が悪くなる危険が少ないとしても、別の問題がある。

人里離れて二人きりでいるなんて、どう考えてもまずいだろう。ダグラスはキャンプみたいな感覚かもしれないが、レオにとっては地獄の責め苦になりそうだ。

あまりにも心臓に悪すぎる。

「えーと、でもな、調査するならほかの場所にも行かないと駄目だろ。俺は一人でも大丈夫だ。たまに様子を見にきてくれれば…」

「どこに行くかは自分で決められる。ほら、早く来い。俺たちの家を点検するぞ」

「俺たちの家って…」

「しばらくは我が家になるんだから、少しは居心地よくしよう」

「いや、あの…」

「ああ、お前は先に少し眠ったほうがいいな。なんにせよ、体調を整えてからだ。時間はたっぷりあるんだから」

「でも、その…」

動揺しているせいか、いつもの憎まれ口が出てこない。完全にダグラスのペースで、押し切られてしまう。

「まずは寝床を作るぞ」

さっさと荷物を運び込んでいくダグラスを、レオはぼうっと見送ってしまった。

考えがまとまらない頭の中で、一つの単語だけが耳に残る。

寝床。見たところ、この小屋にいくつも寝室があるとは思えない。つまり、ダグラスと同じ部屋で寝るということに…。

せっかく治まっていた頭痛が、またぶり返しそうだった。


目を覚ました時、自分がどこにいるか分からなかった。

見覚えのない煉瓦の壁に、蜘蛛《くも》の巣がかかった天井。木の葉やらなんやらが詰まった暖炉。

ぼんやり部屋を見ているうちに、だんだん記憶が戻ってきた。

撃ち殺されていたへインズ。レオを危険だと言った保安官の言葉。ダグラスと歩いた暗い森の道。

呆然《ぼうぜん》としていたレオを尻目に、ダグラスはさっさと床に寝袋を広げた。それから、有無を言わさずレオをそこに押し込んだ。

うろたえて混乱していたものの、疲労していた身体は眠気に逆らえなかったのだろう。いつのまにか眠ってしまったらしい。

ごそごそと寝袋から這《は》い出した。四角く開いた窓から、明るい日が差し込んでいる。腕時計を見て、昼過ぎなのを確認した。

こういう場所でも時間を気にするのが、現代人の悲しい習性だ。

小屋から出て、ダグラスの姿を捜した。帰れと言ったのは自分だが、実際に彼がいないと不安になってしまう。

木立の間を少し下ると、彼の姿が見えた。すぐレオに気づいて、こちらにやってくる。

「起きたか。気分はどうだ?」

「上々だ」

ほっとしたのを隠すために、少々ぶっきらぼうになる。

「こんなとこで何してる?　お前だって寝てないくせに」

「俺もちゃんと休んだから大丈夫だ」

にっこり笑って、彼が手招きした。

「いいものを見せてやるから来いよ。すぐそこだ」

先に立って歩き出すダグラスについていきながら、なんとなく昔を思い出す。

『いいもの見せてやるよ』

あれが、すべての始まりだった。あの時からダグラスはレオにとって特別な存在になり、長い片恋の相手になった。

ずっと彼から離れようと努力してきたのに、こんな近くにいることになるなんて。

複雑な心境で彼の背中を見つめながら、踏み分け道に入る。その突き当たりは、湖だった。

昨夜ゴムボートで渡ったような大きなものではなく、崖に囲まれた小さな池という感じだ。

上流から流れてくる水が細い滝となって、湖面に流れ落ちている。はねる水しぶきに陽が当たり、薄い虹を作っていた。

さほど深くはないらしく、水はただの青という一言では言い表せない色合いだ。まわりを囲む鮮やかな緑と相まって、美しいコントラストを見せていた。

「この公園には七百もの湖があるが、きちんと名前がついてるのはほんのわずかなんだ。ここは地図にも載ってない、無名のものの一つだな。この水場があるから、あそこに小屋を建てたんだろう」

レオは水辺に近寄り、手を水に入れてみた。なんの濁りもなく透明で、冷たい。

「お前が寝ている間に、食料を調達しておいた」

ダグラスが湖から、網状のビクを引き上げる。中には数匹の魚が跳ねていた。

「釣ったのか?」

「もちろん」

「どうやって…」

言いかけて、釣り竿《ざお》に気がついた。どうやら、釣り具一式も荷物に入れてきたらしい。

「お前なら、釣り竿くらい自分で作るのかと思ったよ」

用意がよすぎる彼に嫌みで言ってみたのだが、ダグラスはにやっとした。

「いざとなれば作れるが、せっかく便利な道具があるのに使わない手はないだろう」

「作れるのか…」

「弓矢を作ってウサギを捕ってもいいが、ここは狩りが禁止だからな」

彼が弓矢で獲物を仕留める姿が目に浮かび、変に胸が高鳴ってしまった。慌てて彼から目をそらし、再び嫌みっぽく言う。

「文明社会が崩壊しても、お前だけは生き残れそうだな」

「その時はレオも一緒だから安心しろ」

どきっとして、思わず彼のほうに目を戻す。ダグラスはすでに背を向け、ビクを湖の中に戻していた。

「さて、火をおこすぞ。乾いた枝を拾ってきてくれ。俺は炉を作っておく」

「…分かった」

レオはなるべく平坦《へいたん》な声で答え、木立のほうへ向かった。

何をどぎまぎしているのだろう。ダグラスは深い意味で言ったわけじゃない。今回と同じように、緊急事態には助けてくれる、ということだ。友情に厚い男だから。

彼の何気ない言葉にいちいちこんな反応をしているようでは、先が思いやられる。

レオはとにかく無心になるようにして、枯れて乾燥した枝を拾い集めた。腕に抱えて戻って来ると、小さな炉ができあがっていた。

土を掘って穴を作り、底に石を敷き詰め、まわりを大きめの石で囲ってある。ダグラスが枝の乾いた表皮をサバイバルナイフで削り取って、まずそこに置いた。その上に程よい長さにした枝を積む。

レオは興味津々《しんしん》で見つめた。

「どうやって火をおこすんだ？」

やっぱり、細い棒をくるくるまわしたりするのだろうか。摩擦熱で火が出るまでは、相当時間がかかるはずだ。

　ダグラスがにやっとした。

「ちょっとした魔法を使う」

「もったいぶらずに早くやれよ」

「そんなに見たいなら、見せてやろう」

　偉そうに言って炉の前に立ち、ポケットに手を入れる。取り出したのは、ライターだった。カチッと火をつけ、枝の表皮の下にかざす。

　表皮から煙が出てきて、黒く色が変わり、やがて炎があがった。それが上の枝に燃え移り、ぱちぱちと音をたてる。

「どうだ？」

　にやにやするダグラスを、レオは睨《にら》みつけた。

「これなら俺にもできるだろうが」

「でも、ライターを持ってるのは俺だ」

「じゃあ、俺に寄越せ！」

　奪い取ろうとして手を伸ばすと、ダグラスがひょいっと避けた。ムキになって腕につかみかかる。

彼が頭上にあげたライターに飛びついたところ、勢い余って彼の胸にぶつかった。

「おっと」

ダグラスはよろめくこともなく、レオの身体を支えた。彼の硬い胸と強い腕を感じて、どきりと心臓が鳴る。

「火の前だから危ないぞ」

「お、お前のせいだ」

レオは慌てて飛び離れた。動揺を隠すために、とっさに噛《か》みつく。

「この大嘘つきめ。釣り竿とライターがあるなら、お前なんか必要ないだろ。荷物を置いてさっさと帰れ」

ダグラスは苦笑した。

「まあ、そう言うな。魚を焼いてやるから」

「じゃあ、早くしろ。腹が減った」

「了解」

敬礼の仕草をして、ダグラスが魚のほうに行く。レオは胸の奥底から深い溜息をついた。

なんとなく、子供の頃に戻ったような感覚になっていたらしい。あんなことでムキになり、彼に飛びつくなんて。

その結果、『大嘘つき』とか言ってしまった。我ながら馬鹿すぎる。これから一緒にいることになるのなら、接触はなるべく避けなければならないだろう。

彼の硬い筋肉の感触。

ほんの一瞬触れただけで、電流のような痺《しび》れが駆け抜けた。

もはや、いろいろ限界のような気がする。殺人犯に対するほとぼりというのは、いつ冷めるものだろうか。

むしろ逮捕されて刑務所に入っていたほうが安全だったかもしれないと思う。

レオと、ダグラスにとって。

水辺で食べた魚はおいしかった。

ダグラスは枝を細く削って串を作り、それを魚に刺して炉で焼いた。彼が焼いてくれた魚を、レオはがつがつと平らげた。

いろいろ思い煩うことはあっても、食欲は変わらないらしい。

そのあと、二人で小屋の掃除をした。葉のついた枝をほうき代わりにして床を掃き、蜘蛛の巣を取り除き、暖炉を使えるようにした。

暖炉の前にはキャンプ用のテーブルと椅子をセットし、ちょっとしたコテージという感じになる。

たきぎになる枝を集めてきて部屋の隅に積み上げ、暗くなってくると火をつけた。

そのあと暖炉の前の食卓で、夕飯を食べた。ダグラスが手際よく、フライパンを使って用意してくれたのだ。バックパックに入れて担いできた豆のスープ、卵とハムの炒めもの、パンとコーヒー。意外なほどどちゃんとした食事である。

卵は粉末でハムは缶詰だったが、やっぱり妙においしかった。

食べ終わってしまうと、手持ちぶさたになった。暖炉の前にダグラスと二人きりで、何をどうすればいいというのだろう。

おかしなことを言ったりやったりしないように、レオはさっさと寝ることにした。

自分の寝袋に潜り込み、すぐ寝た振りをする。実際にはむしろ目が冴え、ダグラスの一挙一動が気になっていた。

彼はしばらく起きていて、暖炉の始末などをしているようだった。点検するように、部屋を歩きまわる足音がする。それからようやく、隣に敷いた寝袋に入ってきた。

すぐ横にダグラスがいる。

ひどく苦しくて、ひどく幸せな夜。

レオはじっと息を殺すようにして、彼の寝息を聞いていた。

レオの心境とは裏腹に、思っていたより穏やかに日々は過ぎていった。

昼間はほとんど食べ物を探すことに費やす。携帯食料を節約するため、なるべく現地調達することにしたのだ。

レオはダグラスに食べられる果実や草花を教わり、森で収穫した。ダグラスは持ってきたフライパン一つでいろいろ調理してみせ、レオを感心させた。

一週間もすると、一日のリズムができてきた。食料を探し、釣りをして、たきぎを拾う。太陽が昇ったら目覚め、暗くなったら寝る。

豊かな自然は、豊かな恵みをもたらしてくれると知った。原始的ながら、本来の意味で人間的な暮らしといえるのかもしれない。

頭のコブも痛まなくなったし、健康的な生活のせいか体調も悪くない。

レオはもう、覚悟を決めることにした。この生活は、いずれ終わる。ダグラスの休暇兼、トレイル調査がいつまでなのか、はっきりとは聞いていない。

でも、終わる時は必ず来る。

町に帰れば、どうなるかは分からない。真犯人を見つけることができず、誰かに撃ち殺されてしまうかもしれないし、一生、刑務所にいることになるかもしれない。

もしそうなったら、これがダグラスと過ごせる本当に最後の日々なのだ。そんな貴重な時間を、無駄にすることはできない。

だからここにいる間は、いろいろなことを忘れようと決めた。事件のことも、彼に対する複雑な気持ちも。

本当に忘れるのは無理でも、忘れた振りはできる。

せめて今だけは。期限付きのこの日々を、悔いのないものにしたい。

彼の傍にいて、彼と一緒にいられる時間を満喫したかった。なんの苦痛もなく、幸せだった子供の頃のように。

レオは食べ物探しに熱中することで、ほかのことはあまり考えないようにしていた。生きるための食欲は、ほかの欲より優先するものだと信じたい。

今日も朝から森に入り、木の根元にはえているキノコを見つけた。離れたところにいるダグラスを呼ぶ。

「これ、こないだ食べたヤツだろ？」

ダグラスは屈《かが》み込んで調べてから、首を振った。

「これは駄目だ。毒があるから触わるなよ」

「でもそっくりだぞ」

「傘の開き方が違う。色や形がそっくりでも油断は禁物だ。見分けがつくようになるまでは、俺に聞いてくれ」

「まぎらわしいな」

レオは溜息をついた。毒キノコなら、赤とか黄色とか、毒々しい色をしていてほしいものである。

「間違って食べたら死んだりするのか?」

「大抵は下痢《げり》や嘔吐《おうと》くらいだけどな。中には細胞を破壊するような毒もある」

「げげっ」

「もし、うっかり食べて変な感じがしたら、無理にでも吐き出せよ」

「俺はお前が食べてから食うことにする」

「なんだ、俺は毒味役か?」

ダグラスが口元に笑みを浮かべて文句を言う。こんな風に彼と話せていることが、レオには嬉しかった。

覚悟を決めたせいか、大自然の中にいるおかげか、不思議と素直な感じになれている。

本当に、昔の親友同士に戻れたような気がした。それに何より、ここにはダグラスとレオしかいない。

二人の間を邪魔する者がいないのだ。この先がどうなるにせよ、いつも人に囲まれていた彼をずっと独《ひと》り占《じ》めにできることなど、もう二度とないだろう。

この雰囲気を壊さないように、レオは細心の注意を払っていた。彼には必要以上に近寄らない。触れるのは、もってのほかだ。

恋愛関係の話題は避け、夜はさっさと眠る。少なくとも、彼には寝ていると思わせる。

薄氷の上にいるような危うい感じはするが、今はこれが最善策だった。レオがおかしな態度を取らなければ、ダグラスが変わることはない。

夕日を見せてくれた頃のままの、友人でいられる。

毒キノコよりもっと役に立つものを探そうと、さらに奥まで踏み入った。すると目の端に、何か動くものが見えた。

はっとして、木立の間に目をこらす。また動いた。何か茶色い、大きなものが…。

「ダ、ダグラス…」

押し殺した声で呼ぶ。聞こえなかったらしく、返事がない。目をそらすことができず、硬直したまま、さらに呼んだ。

「ダグラス……！」

はからずも、悲鳴のようになってしまう。背後に足音が聞こえ、頼もしい声がした。

「どうした、レオ？」

「あそこ……」

そろそろと手を挙げて指さす。横に並んだダグラスが、その先に目をやった。

「ク、クマだよな、あれ……」

「グリズリーだ」

至極落ち着いて言う。

「冬眠から覚めて、出てきたばかりみたいだな」

レオはごくりと唾《つば》を呑み込んだ。町のほうまではやってこないので、こんなに間近で野生のグリズリーを見るのは初めてである。

「ど、どうする？　逃げたほうがいいか？」

「しっ。じっとしてるんだ。この距離なら近づいてはこない」

「でも……」

グリズリーは四つん這いでうろうろしていたが、何かの気配を感じたらしい。動きを止め、こちらをじっと見ているようだ。

レオは思わずダグラスの後ろに避難した。

「ほんとに逃げなくていいのかよ」

「大丈夫。動物にはナチュラルディスタンスがある」

「なんだ、それ」

「互いに攻撃を仕掛けない距離だ」

「でもそれって、何ヤードとか決まってるわけじゃないんだろ」

彼の背中から、そうっと覗《のぞ》く。しばらく、互いの距離を測るかのような間があった。すると
グリズリーはふいっと横を向き、反対側へゆっくり歩き去っていった。

「ほら、俺の言った通りだろう」

首を巡《めぐ》らせてダグラスが言う。ほっとした瞬間、レオは自分の状態に気づいてぎょっとした。

いつのまにやら、ダグラスの背中にへばりついている。

みっともない上に、うっかり彼に密着してしまった。

はっきりいって、銃を持ったFBIよりグリズリーのほうが怖い。ダグラスとは違い、大型
肉食獣には慣れていないのだから仕方ないように思う。

でもそれにしたって、彼の後ろに隠れてしまうとは。森で生活するうちに、すっかり頼る癖
がついてしまったらしい。

確かに頼りになりそうな、広い背中だった。後ろから抱きしめたら、手がまわるだろうか。触れたところから伝わる熱と、彼の匂い。

男っぽく、人を誘うような、いい匂いだ。

「レオ？　もう向こうに行ったから大丈夫だぞ」

不思議そうな声で我に返り、レオはなんとか自分を彼の背中から引きはがした。咳払いをして声を整え、適当な言いわけをする。

「お前がグリズリーに襲われる話なんかするから、びびったじゃないか」

「目覚めたばかりのクマは、体力も落ちてるからそう危険じゃない。子連れの母グマには気をつけたほうがいいけどな」

「あー、今日は俺が魚を釣るよ」

「なんだ、森が怖くなったか？」

「うるさい。お前はキノコでも探してろ」

レオはそそくさと彼から離れ、湖のほうへ向かった。

怖くて逃げ出したと思われてもかまわない。実際に逃げなければならないのだから。グリズリーからではなく、ダグラスから。

この辺りの魚は警戒心がないため、割と簡単に釣れる。適当に虫を捕まえて針につけておくと、すぐ食いつくのだ。

湖の岸辺に座り、レオはぼんやり釣り糸を垂らした。

さっきのは、ヤバかった。もうちょっとで、後ろからダグラスに抱きついてしまうところだった。

こういう事態を避けるため、ある程度の距離以上は近づかないようにしていたのに。いわゆる、ナチュラルディスタンスである。

その境界線を破ったとたん、崩されそうになってしまった。自分の理性が。

絶大な破壊力を持つ、ダグラスのたくましい身体。彼の匂い。もはやレオの防御は風前の灯《とも し》火《び》に近い。

一緒にいられる嬉しさに浸っている場合じゃないだろう。もっと気を引き締め、馬鹿な真似《まね》をしないようにしなければ。

まずは、彼に近づかないことをもっと徹底しよう。あまり不自然にならないように距離を置いて…。

口の中でぶつぶつ言っていると、いきなりすぐ後ろから声がした。

「引いてるぞ、レオ」

「えっ、なっ…」

驚きのあまり飛び上がった。ぴんと張った釣り糸を引っ張るのと、立ち上がるのと、背後を振り向くのを同時にやろうとした結果、足元がずるっと滑る。

「うわっ」

釣り竿を持ったまま、レオの身体が湖のほうに落ちていく。

気がつけば、水の中に尻餅をついていた。岸辺の付近は水深が浅いので、腹の辺りまで水に浸かっている。

ダグラスがちょっと驚いたような顔で、こちらを見つめていた。

「何やってる?」

顔がかっと熱くなってしまう。

「お前が驚かすからだろう!」

「ああ、悪い。そんなに驚くとは思わなくて」

ダグラスがレオを引き上げようと手を差し伸べる。その手をつかむと同時に、レオは思い切り力を入れて引っ張った。

思わぬ攻撃にダグラスはバランスを崩し、彼も湖に落っこちた。

「レオっ!」

「ざまーみろ」

二人して濡《ぬ》れ鼠《ねずみ》になった間抜けな格好で、にんまりする。

「どうせだから、お前も服を洗濯しろよ」

「お前なあ…」

水の中に座ったダグラスが呆れたような溜息をつき、濡れた髪を掻《か》き上げた。その時である。なんと、彼の腹の上で魚が跳ねたのだ。

ぴょんと飛び上がった銀色の魚影が、彼の唇をかすめるようにして、再び水の中に落ちて消える。

レオは目を丸くしたあと、思わずぶっと吹き出した。

「お前、魚にまでもてるって、いったいどういう…」

魚にキスされたようなダグラスがどうしようもなくおかしくて、大爆笑してしまった。笑いすぎて目尻に涙が浮かぶ。

それを手の甲でごしっと拭うと、ダグラスと目が合った。彼はどこか静かに、不可思議な表情でじっとレオを見ている。

レオの笑いが引っ込んだ。

「な、なんだよ？」

「お前がそんな風に笑うのを見たのは久しぶりだ」

「え…」

「俺はずっとお前を怒らせてばかりいたからな。昔はよく笑ってたのに」

「いや、それは…」

ダグラスのせいじゃない。そう言いたかったが、言葉が出なかった。レオの言動を説明するためには、本当の理由を言わなければならないから。

「ここに来てから、ちょっと昔に戻れたようで嬉しかったよ。お前にとっては慣れないこんな生活は面倒で、不本意なのは分かってるんだが」

違う。

嬉しかったのはレオのほうだ。

彼を独り占めしていることに、自分勝手な喜びを感じていた。彼を必要としている人は、ほかに一杯いるのに。

自分を見つめるダグラスの瞳が、ベルベットのようだ。温かく、くるみこまれるようで、レオの胸を締めつける。

ずっと触れてみたいと思っていた。夕日に照らされたその瞳を見た時から。

駄目だ。

頭に警報が響き渡る。

駄目だ、駄目だ、駄目だ。

理性が悲鳴をあげた。防御壁が崩れて落ちる。もう、駄目だ。

レオは膝立ちで水を掻き分け、彼との最後の距離を詰めた。すぐ目の前まで来ると、腕を彼の首に巻きつけ、唇を重ねた。

時間が止まったようだった。

触れた唇の感触以外、まわりのすべてが消え失せる。

これは、ダグラスの唇だ。何度も何度も夢に見た。夢の中で、何度も触れた。でも絶対に、現実では触れることはかなわないと思っていた唇。

触れ合わせているだけのキスなのに、かつてないほど心が震えてしまう。

もっと欲しくて唇を開き、さらに深くキスしようとすると、ダグラスが肩をつかんでレオを引き離した。

「レオ…？」

怒っているというより、戸惑っているような彼に、胸が痛む。

どうすればいい？　何を言えば許してくれる？　ここまできてしまったら、もう後戻りはできない。

ずっと好きだったと言って、情けを乞うべきだろうか。友達の顔をして、実は彼に欲情していたのだと？

一度だけでいい。

ほかには何も望まない。

軽蔑《けいべつ》されて、ここでの生活が終わりになり、二度と会えなくなったとしても、どうしても彼が欲しい。

ただ一度だけ。

「ヤろうぜ」

口から出たのは、そんな言葉だった。

「どうせ濡れた服は脱ぐんだし、ちょうどいい。女っけなしの禁欲生活で、お前だって溜まってるだろ。男同士でもけっこう楽しめるんだぜ」

わざとすれた言い方をして、彼の下腹部に触れる。

「お前は適当な女を思い浮かべていればいい。心配するな、俺はそれなりに経験あるから、気持ちよくしてやる」

水の中で、彼のズボンのジッパーをまさぐった。いまさらながら、陸にあがってから始めるべきだったと思う。天気がいいから寒くはないが、水はけっこう冷たい。

でも彼に考える暇を与えず、一気にコトを進めてしまいたかった。少しでも反応してくれれば、チャンスはあるかもしれない。

とりあえず彼に直《じか》に触れようと、ジッパーに手をかける。でも引き下ろす前に、彼が手首をつかんでやめさせた。

絶望感が神経を焦がす。

女の代わりに一度だけ。それでも駄目なのだろうか。

「扱《しご》くくらいいいだろ、オナニーみたいなもんなんだし」

手を振り解こうとしてみたが、がっちりつかまれていて駄目だった。力が強すぎて、痛いほどだ。普段の彼なら、絶対に痛みを与えたりはしない。

力加減ができないほど、怒っているのだろうか。

無言のままの彼が怖くて、顔を見られなかった。唇を噛んでうつむいていると、ふいに彼の声がした。

「お前、男と経験あるのか？」

ようやく口を開いたと思ったら、こんな質問をするとは。この状況で、知りたいのはそんなことなのだろうか。

「…そう言ったろ」

「相手は俺の知ってるヤツか？」

「いや、大学寮のルームメイトだ」

「そいつのことが好きだったのか？」

だんだんイライラしてきてしまう。

「そんなことを聞いてどうする？　一度ヤったからってゲイになるわけじゃない。ここには俺たちしかいないんだし、互いにちょっとくらい楽しんでも…」

ダグラスがいきなり水から立ち上がった。つかんだままの腕を引いて、レオも一緒に引き立たせる。

「戻るぞ」

「ダグラス…？」

戻るって、どこへだろう。もう二人きりでいたくないから、町へ戻るということだろうか。

彼はレオの腕を放さず、ぐいぐい引っ張っていく。彼の怒りが感じられ、レオは暗い気持ちになった。

いつも何を言っても、笑って許してくれたのに。今回ばかりは、彼の逆鱗《げきりん》に触れてしまったらしい。

どんな罰も甘んじて受けるしかないだろう。全部、レオが自分でまいた種なのだ。

ダグラスはまっすぐ狩猟小屋まで戻り、中へ入ってからようやく腕を放した。痛む手首をさすりつつ、レオは皮肉っぽく唇を歪めた。

「すぐ荷物をまとめるか？　俺を一発殴りたいなら…」

ダグラスは殴らなかった。その代わり、レオの胸倉をつかみ、キスをした。


初めは、何が起こったのかよく分からなかった。

気がついた時にはキスされていて、頭がキスだと理解した時には、床に押し倒されていた。硬い煉瓦の床と、引き締まった彼の硬い胸に挟まれて、身動きができない。

「ダ、ダグラス、ちょっと待てっ…」

「言い出したのはお前だろう」

「そ、そうだけど、少し落ち着け」

「なんだ、気が変わったか？」

「違うけど…」

本気なのだろうか。本気で、彼はレオを抱こうとしている？

「お前、その、できるのか？」

「どういう意味だ？」

「だって、相手は俺だぞ。女とは違うし…」

「その心配は無用だ」

彼がぐいっと腰を押しつける。確かな欲望の証《あかし》がレオの腹を押し、どきっと心臓が鳴った。

さっきの挑発は、どこか彼のスイッチを押してしまったのだろうか。レオがいるから自分で処理できず、やっぱり溜まっていたのかも。

ダグラスのまわりにはいつも女性が群がっていたし、そういうことをする相手に困ったことなどないに違いない。

とりあえずは手でも舌でも使って彼を刺激して、なんとかその気になってもらおうと思っていたのに。

嬉しい誤算のはずなのだが、完全に主導権を握られてしまうのはちょっと不安だった。自分がどうなるか分からないから。

「えーと、まずは濡れた服を脱ごう」

気を落ち着ける時間を稼ぐために提案してみる。

「いい考えだ」

彼が同意して、上半身を起こした。レオの腹をまたいだまま、シャツのボタンを外し、ばさりと脱ぎ落とす。

目の前であらわになった肉体に、レオは目を奪われてしまった。学生の頃から着替えるところを見ていたし、夢にも登場した。

でも、目の前の裸身は記憶しているどれより男らしく完璧で、胸が締めつけられるような感じがする。本当に触れてもいいのだろうか。

あまりにも長い間、自分を抑えていたので、いざとなるとびびってしまう。息が苦しくなってきて、レオは思わず目をそらした。

「お前は脱がないのか?」

「あ、ああ、うん」

ダグラスの声にうながされ、レオはもたもたと自分のシャツのボタンを外し始めた。先に彼のたくましい胸を見てしまったため、妙に恥ずかしい。

ボタンを全部外したところで、はっとした。

「俺は全部脱がないほうがいいんじゃないか?」

実際に男の身体を前にしたら、その気が失せてしまうかもしれない。気を遣ったつもりなのに、ダグラスは不満そうに言った。

「俺だけ見られるのは不公平だろう」

「そういうことじゃ…」

「俺にも見せろ」

「わっ、よせっ」

レオの抵抗など意にも介さず、彼が有無を言わせぬ手つきでシャツをはぎ取った。さらにズボンのジッパーを下ろし、下着ごと下に引き下ろす。

あっというまに裸にむかれ、気がつけばまな板の上の魚みたいに横たわっていた。さすがに手慣れている。彼はこの調子ですぐ女を裸にしてしまうのだろうか。

でもレオには、今まで彼が抱いてきた身体とは明らかに違う部分がある。しかも、彼の裸の胸を見ただけで、すでに反応してしまっているのだ。

羞恥と不安で横向きになってそこを隠そうとしたところ、ダグラスが両方の手首をつかんで頭の上に押さえつけた。

「隠すなよ」

かっと赤くなってしまう。床に縫い止められたように動けないので、首だけ横に向けた。

「俺の裸なんて、着替えの時に見てるじゃないか」

「前より綺麗《きれい》になった」

「ば、馬鹿言うな」

「寮のルームメイト以外でお前に触れたヤツはいるのか?」

「お前に関係ないだろ」

「そうでもない」

彼はそう言って、押さえていた手首を離した。

自由になったものの、レオは動けなかった。彼の胸がすぐ間近にあり、触れてもいないのにレオの肌がびりびりする。

彼の顔が見られず、頑《かたく》なに横を向いていると、頬《ほお》に手を添えられた。軽く撫《な》でながら正面を向かせられる。すぐに彼の顔が下りてきて、唇が重なった。

レオは一瞬、びくりと身体を震わせ、それから目を閉じた。胸が痛くなるような喜びがわき上がる。

これは、ダグラスのキスだ。夢ではない、本物のキス。

彼はゆったりと唇を覆いながら、舌でレオの口を開かせる。レオは黙って、押し入ってきた舌を受け入れた。

そろそろと手を挙げ、彼の背中に触れる。なめらかな肌。硬い筋肉の隆起に、背筋を走るくぼみ。

ついに我慢できなくなって、ぎゅっとしがみつく。応《こた》えるようにダグラスが腕を首の後ろにまわして抱きしめてくれたので、胸がぴったり重なった。

彼に、抱きしめられている。

それは夢で見たよりももっと熱く、狂おしく、官能的だった。

「んっ…」

彼の感触と熱に溺《おぼ》れ、夢中でキスを返した。キスを続けながらゆっくりと、彼の手がレオの身体を滑り下りていく。

首筋から肩を撫で、脇腹を通って下腹部へ。その手がすっかり硬く勃《た》ち上がっているものに触れてしまい、レオはびくっとして顔を離した。

「そこは、やめっ…」

彼の手を止めようと、背中にまわした腕をほどく。

「そんなもの、触らなくていいからっ」

「なぜ?」

「き、気持ち悪いだろ」

しまう。

「いや、別に」

まるで形を確かめるように根元から先端まで指でなぞられ、軽く握られる。たったそれだけの動きで、レオの身体は快感に震えた。何しろ、触れているのはダグラスなのだ。それが彼の手だと思うだけで、頭の芯まで痺《しび》れてしまう。

「よせってば…っ」

彼の手首をつかんでそこから引き離そうとしたが、無駄だった。ゆったりとした手の動きになすすべもなく、ぶるぶると身悶《みもだ》える。

「あ、ああ…っ」

握られた手を何度か上下されただけで、レオは呆気《あっけ》なくイってしまった。

いきなり達してしまったレオに驚いたらしく、ダグラスが濡れた自分の手に目をやった。

「早いな」

「言うなっ…」

真っ赤になって、身をよじった。

「ご無沙汰《ぶさた》だったからだ！　ここじゃ自分でもしてないし…！」

我ながら呆れてしまう。彼が相手だとまるで制御がきかない。キスしてちょっと触れられただけで、感じまくってしまうとは。

これでは、ダグラスに気持ちよくなってもらうどころではないだろう。

「今度は、俺がやる」

レオは言葉に決意を滲《にじ》ませて、彼の下から這い出した。触られると制御不能になってしまうのだから、自分で触るしかない。

「じっとしてろよ。よくしてやるから」

精一杯、物慣れた感じで言って、彼の足の間に身体を進めた。

ズボンのジッパーに手をかけ、今度こそ引き下ろすのに成功した。目の前に現れたのは、体格に見合う立派なものだ。

レオはごくりと唾《つば》を呑み込み、そうっと触れた。両手に包みこみ、先端に舌を這わせる。彼がぴくっと動き、さらに大きさが増す。

口を開いて含んでみたが、全部は入りきらない。それでもなんとか舌を動かした。

「ふ、うっ…」

彼が脈打ち、膨張してくるのが嬉しかった。苦しいのもいとわず、喉《のど》の奥まで入れてみる。

必死でしゃぶっているうちに、また自分のものが硬くなってきてしまった。

どうしよう。どこで触れても、感じてしまう。

呼吸が浅く、速くなってくる。彼を舐《な》めているだけなのに、腰が疼《うず》いてたまらない。どうしようもなくなってきて、自分で慰めようと手を伸ばす。

するといきなり、ダグラスがレオを引き離した。

「あ…」

レオは軽く咳き込み、上目遣いで見上げた。

「まだイってないだろ、最後まで…」

言葉が喉に絡まってしまう。ベルベットを思わせる彼の瞳が光彩を深め、鋭い光を放っていた。何か、まずかっただろうか。レオのあまりの浅ましさに呆れたとか…。

食いしばるようにダグラスが言った。

「舐めてるお前はエロすぎる」

「な、何言って…」

「例のルームメイトにも、そんな顔を見せてたのか?」

「は…?」

ダグラスがいきなりのしかかってきて、レオは再び押し倒されていた。

「お前の中に入りたい」

彼の言葉がずしりと下半身に響く。喉が渇き、舌が干上がった。

「いいか？」

熱を持った彼の視線に射抜かれる。言葉が出せず、レオはこくりと頷《うなず》いた。

ダグラスが足の間に手を入れ、彼を受け入れる場所に触れてきた。レオはわずかに足を開き、なんとか力を抜こうとしたが、緊張のせいかうまくいかなかった。

指が差し入れられると身体がこわばり、強く締めつけてしまう。ダグラスは動きを止めた。

「キツいな」

レオはふるふると首を振った。

「だ、いじょうぶだ。すぐ、慣れる」

乱暴にされてもかまわなかった。彼になら、何をされてもいい。あの大きさなら苦しいのは分かっていたが、そんなことはどうでもいいくらい、彼が欲しかった。

「女じゃないんだから、気を遣うな。いいから、さっさと…」

入れろ、と言おうとすると、ダグラスが指を抜いてしまった。さらに、身体を起こして離れる気配がする。

レオは思わず彼の腕にしがみついていた。

「やめるなよ…！」

ずっと待っていたのに。今を逃したら、こんなことは二度とないかもしれない。必死で引き留めるレオに、彼はにっこりした。

「少し待ってくれ。何か探すから」

「え…」

「ああ、あれでいいか」

ダグラスは立ち上がり、何かの容器を持ってすぐ戻ってきた。よく見れば、調理用の油である。彼はそれを手のひらに垂らし、再びレオに触れた。

「植物油だし、身体に悪くはないだろう」

油のぬめりを借りて、指がするりと潜り込む。レオは呆れてしまった。貴重な食材をこんなことに使うなんて。

でも今は文句も出てこない。抵抗のゆるんだ内側を、彼の指が容赦なく攻め立て、擦り上げる。口から出るのは、喘《あえ》ぎだけだった。

「あ、あっ…」

「痛くないか?」

「な、ないっ、から、も…」

「もう少し…」

指が増やされ、奥まで穿《うが》たれる。

レオはどうにかなりそうだった。抜き差しされるたびに、彼の指を離すまいと蕾《つぼみ》は収縮し、レオのものはだらしなく蜜を流し始める。

それを、全部彼に見られているなんて。

これ以上されると、自分がぐちゃぐちゃになってしまう。救いを求めて、彼にすがった。

「ダグラス…！　もう、苦しっ…、早く、こいよ…！」

「レオ」

低く深い声で名を呼び、ダグラスが指を抜いた。レオの足を抱え直し、ゆっくり身体を進めてくる。

彼がとば口に触れ、侵入を開始した。

ああ、ダグラスだ。彼が、自分の中にいる。

押し広げられる痛みも何もかも、その悦《よろこ》びの前に霧散した。彼をもっと受け入れようと身をよじり、その動きにつられたように彼が奥まで突き入れた。

「ああっ…」

その瞬間、レオは再び達してしまった。

荒い息をつき、太腿《ふともも》がびくびくと痙攣《けいれん》する。ショックと衝撃に震える身体を、ダグラスが抱きしめてくれた。

「大丈夫だ、レオ」

「うー」

「ゆっくりやるから。力を抜いて」

なだめるように背中を撫でられ、顔のあちこちにキスされる。少し落ち着いた身体を、体内の彼が揺さぶった。

「あ…っ」

あやすようだった動きが、少しずつ大きく、深くなってくる。イったばかりで敏感な場所を指で擦られ、レオは悲鳴のような声をあげた。

「そこ、触るなよ…っ」

「どうしてだ?」

「俺、また…」

信じられないことに、もう硬くなっている。いったい自分の身体は、どうなってしまったのだろう。

感じすぎて苦しいなんて、初めての経験だ。

「何度でもイけばいい」

「ば、馬鹿っ」

「今度は一緒にイこう」

ダグラスが動きを再開した。ぎりぎりまで引き抜き、また奥まで突き入れる。稲妻のような快感に貫かれ、レオは身悶えた。

「あ、やっ」

さらに足を広げられ、より深いところまで彼に占領されてしまう。身体も心も彼で一杯で、ほかのことは何も考えられない。

「ああ、ダグっ…、ダグラス…！」

リズムが速くなってきて、激しく腰がぶつかった。背中にしがみつく手が滑り、爪をたててしまう。

「あ、ああっ！」

三度目の射精は、身体が爆発したようだった。

軽く肩を揺さぶられ、レオの意識が浮上した。

「大丈夫か？」

目の前に、心配そうなダグラスの顔がある。どうやら、少し意識を失っていたらしい。

「レオ？　どこか痛むか？」

快感のあまり失神したなんて、とても言えない。

「背中が痛い」

代わりにそう言ってごまかした。不機嫌そうになってしまったのは、声がかすれているのと、照れ隠しのためだ。

でも、ダグラスは本気にしたらしい。ますます心配そうに顔をしかめた。

「悪かった。つい夢中になって」

いきなり抱き上げられてしまい、レオは焦った。

「おいっ、大袈裟《おおげさ》だぞ」

ダグラスは軽々とレオを運び、丸めてあった寝袋を器用に足で広げた。その上にそっと下ろされる。

「初めから、こうすればよかったな」

「いや、大丈夫だけど…」

「今度はもっと優しくするから」

「え…」

ダグラスが再びかぶさってきて、その言葉を実行した。

目を覚ました時、部屋はだいぶ暗くなっていた。

一瞬、意識が混乱する。眠っていた？　ではあれは、いつもと同じように夢だったのだろうか。

ダグラスがレオにキスをして、抱きしめて…。

不安になって飛び起きようとしたところ、腰がへたっと崩れてしまった。下半身に力が入らない。そのことが、レオに夢ではなかったことを教えてくれた。

気がつけば、自分が寝ているのはもう一つの寝袋の中だ。身体も綺麗になっているようなので、ダグラスが拭《ふ》いてくれたのだろう。

彼にそんな世話をされている間も、まったく意識が戻らなかったなんて。

自分が何度イったのか、よく分からない。思い出せるのは五度目くらいまでで、あとはただ嵐に呑み込まれたようだった。

もう無理だと思うのに、ダグラスに触れられるとレオは反応し、自分から彼を求めたことは覚えている。

彼は元アメフト選手らしく、疲れ知らずなところをみせつけた。

強すぎる快感に我を忘れて、終わらせたくないと願った。でも、最後はついにレオが限界を迎え、気を失うように眠りに落ちてしまった。

今でも信じられない。ダグラスと抱き合ったなんて。本物の彼と。

夢で見たより彼はずっと熱く、激しく、そして、優しかった。

ふと、自分の身体に触れてみる。これは、ダグラスが触れた身体だ。あちこちに記された愛《あい》撫《ぶ》の名残に、鈍い痛み。そのすべてを愛《いと》しく感じる。

幸せだった。

今、この時、雷が落ちて死んでしまってもいいほど。

余韻に浸って横たわっているうちに、だんだん心配になってきた。ダグラスはどこにいる？

外はもう暗くなってきたのに。

勢いでこんなことになってしまったため、レオと顔を合わせたくないのだろうか。レオを抱いたことを後悔している？

彼がなかったことにしたいなら、それでかまわなかった。初めから、一度だけのつもりだったのだから。

レオに付きまとわれる心配はないし、誰にも話さないと誓おう。彼が望むなら、友人としてもなるべく会わないようにする。

でも、あんな時間を過ごしたあとで、このまま彼が消えてしまうのは嫌だ。

雷が落ちて死ぬにしても、その前にもう一度会いたい。

萎《な》えた身体に力を入れ、なんとか服を掻き集めて着込んだ。よろよろと彼を捜しに行こうとしたところ、戸口の前でダグラスと鉢合わせになった。

「レオ?」

驚いたようなダグラスは、腕にたきぎを抱えている。今日は仕事をサボってしまったので、暗くなる前に拾いにいったのだろう。

「身体は大丈夫なのか?」

「あ、ああ、大丈夫…」

「まだ休んでろよ。かなり無茶しちまったから」

意味ありげな笑みを浮かべて言われ、ぼっと顔が赤くなる。

「たきぎくらい運べる」

「どのみち今日はもう何もできないだろ。すぐ火を入れるから」

レオはバツが悪い思いで部屋の中に戻った。ダグラスは特に何も気にしていないようだ。おたおたした自分が、かなりみっともない。

なんというか、まだ夢と現実がごっちゃになっているような感じがしていて、変にナーバスになってしまった。

　ダグラスはたきぎを置き、暖炉に火をつけた。

「今夜の夕飯は缶詰でいいか？」

「もちろん」

　急に空腹を意識した。そういえば、何も食べていない。途中でダグラスが水を飲ませてくれたが、あとはずっと寝袋の上にいたということで…。いろいろ思い出してしまい、レオは慌てて頭に浮かんだ映像を追い払った。

　彼がテーブルと椅子を片付けているのを見て、首を傾《かし》げる。

「食事するんじゃないのか？」

「ああ。今日は暖炉の前に寝袋を敷いて、その上で食べよう」

「なんで？」

「寝袋は防水だし、一応拭いて綺麗にしたから大丈夫だ」

　その意味を察して少し赤くなる。

「いや、そのことじゃなくて、どうしてテーブルで食べないんだよ」

「このほうがムードがあるだろ」

　片目をつぶってみせて、ちゃくちゃくと用意をしている。レオはちょっと驚いてしまった。

なんだろう。レオを相手にムードだなんて、気を遣っているのだろうか。

それとも、セックスしたあとはべたべたしたいタイプだったとか。意外な一面ではあるが、妙に嬉しく感じてしまう。

寝袋の上に座り、並んで缶詰の食事をしながら、ダグラスが言った。

「明日はもっと豪華なものを食おうな」

レオは肩をすくめた。

「俺には十分だ。いつもこんなもんだし」

彼の眉が寄る。

「お前、けっこう料理はうまいじゃないか。今はやらないのか？」

母が死んでから家事は必要事項だったので、自然とできるようになった。でも自分一人だと、あまり作ろうという気にならない。

「男の一人暮らしなんてそんなもんだろ」

ダグラスがふと顔を曇らせた。

「親父さんの葬儀に出られなくて悪かった。知らせてくれれば、飛行機に飛び乗ったのに」

「お前はシーズン前だったし、内輪でやったから」

「それでも、お前の傍《そば》にいたかったよ」

レオは少し笑った。

「今回は夕日を見て泣いたりしてないぞ。母の時と違って、覚悟する時間があったんだ」

「そうか」

ダグラスがレオの肩を抱き寄せる。レオはおとなしく彼の腕の中に収まった。

本当はあの時、彼に知らせたら来てくれるかもしれない、と心のどこかで思った。彼がいれば、きっとこんな風にぬくもりを与えてくれると。

だからこそ、連絡しなかったのだ。自分は憎まれ口ばかり言うくせに、彼の優しさを期待して、それにすがってしまうのが怖かった。

でも今は、彼の温かさを感じていたい。

この夜、この時だけ、ダグラスはレオのものだ。誰よりも近く、傍にいることを許してほしい。元の世界に戻ったら、彼をみんなに返すから。

彼の胸にもたれながら、レオは打ち明けた。

「父が死ぬまでの一年間に、初めていろんなことを話したよ。突然の母の死が本当は父にもすごくショックで、ずっと立ち直れなかったことも」

ダグラスがレオの髪を指で弄《いじ》った。

「この髪は、お母さん譲りなんだろ?」

「うん」

「初めて見た時に思った。カラスみたいな黒髪だなって」

レオは目を瞬いた。

「カラスって、お前…」

「褒め言葉だぞ。カラスの羽はすごく綺麗なんだ。頭のいい鳥で、家族や仲間を大事にする。危険にさらされた仲間のために、一斉に助けに飛んでくる姿は壮観だ」

思わず笑ってしまう。

「お前が考える基準って、あくまで野生の世界なんだなあ」

「それが仕事だから仕方ないだろ」

カラスが仲間思いの鳥なら、ダグラスはそのリーダーになるに違いない。どちらかというと、グリズリーとか、ライオンのような気はするが。

「俺の名前は母がつけたんだ。なんでも、ライオンの子供の名前らしい」

「獅子座《ししざ》のことか？」

「そうじゃなくて、母の故郷に、百獣の王だった父ライオンのあとを継いで、立派な王になる子ライオンの話があるそうだ」

「ライオンキング？」

「違う話らしいけど、母の国では昔から有名な話だって」

名前の由来を聞いたのは、いつだっただろう。いつかレオも父を追い越すような立派な男になる、と母は言ってくれた。

レオはちらっとダグラスを見上げた。

ダグラスなら、百獣の王と比べても引けはとらない気がする。でも自分はどうだろう。母が願ったような男になれたとは、とても思えない。

「ライオンなんて、俺に似合わないだろう」

溜息混じりに言うと、ダグラスの笑いが胸から伝わった。

「いや、お前にぴったりの名前だよ。よく噛みつかれたから俺には実感できる」

「噛みつくって…」

「長年のライバル校を破った直後に、俺をクズと呼んだのはお前ぐらいだ」

「あれは、その…」

うまい言いわけを思いつけず、レオは言葉に詰まった。

あのゲームのことは、よく覚えている。ダグラスは残り二分で逆転のタッチダウンパスを決め、勝利をもぎとった。

ずっと勝てずにいたライバル高校を破ったことで、町中がお祭りムードになった。ダグラスは押しも押されもしないヒーローになり、レオとの間に超えられない一線が引かれた瞬間だ。

『ちょっとぐらい活躍してチヤホヤされてるからって、いい気になるなよ、クズ！』

今にして思えば、よく言えたものだと思う。いくら煮詰まっていたとしても、ダグラスを『クズ』呼ばわりしたのだから。

今こそ告白する時だろうか。

あれは恋心の裏返しだったのだと？　あの頃から今に至るまで、レオが馬鹿なことを言い続けた理由を？

ずっと隠してきた想いの丈を言ってしまいたい衝動と、すべてを知られてしまう恐怖。

特殊な状況下での欲求の捌《は》け口として、レオはダグラスを誘った。だからこそ彼ものってきてくれたのだろう。

長年のレオの気持ちなど知ってしまったら、重すぎるに違いない。今はこのまま、気楽な感じで彼の傍にいたかった。

「なんだよ、学校のヒーローがクズって言われてプライドが傷ついたのか？」

温かな胸から離れ、いつもの調子で皮肉っぽく言う。

「腹が立ったなら、俺を殴ればよかっただろ」

「お前を殴りたいと思ったことはないぞ」

「俺が弱っちくて喧嘩《けんか》にならないからか?」

「お前を弱いと思ったこともない」

ダグラスが苦笑する。

「ただどうしてか、お前には何を言われても腹が立たないんだ」

「なんだよ、それ…」

「それに実際、いい気になってた部分もあったからな。お前の言葉はいつも、自分を戒めるいいクスリになった」

レオの胸が苦しくなった。あんなのは、ただの言いがかりだったのに。レオは再び、ぽすっと彼の胸に顔を伏せた。

「お前はクズじゃない」

「そうか?」

「クズはほかにいる」

本当のクズは、レオのほうだ。自分を守るために、彼を傷つけた。本来なら、こんな風に彼の傍にいる資格などないのだろう。

それでも今は、どうしてもこの胸から離れたくない。

レオの気持ちが伝わったかのように、彼が腕をまわして抱き寄せてくれた。暖炉が燃える音と、彼の心臓の鼓動。

レオは彼の匂いを胸一杯に吸い込んだ。

やっぱりいい匂いだ。母とベンチに座っていた時に感じた、木と花の香りを思い出させる。すっきりと気持ちよく、どこか甘い。

そうしているうちに、じわじわと体内に熱が溜まってきてしまった。彼にくるまれて温かくなった身体が、もはや熱く感じる。

なんてことだろう。あんなにイきまくったあとなのに、もう彼が欲しいなんて。

「ダグラス…」

「ん？」

欲望に痺れ、声がかすれてしまう。

「もう一度…」

彼の服を引っぱり、唇を寄せる。ダグラスは軽くキスしてくれたが、すぐ顔を離した。

「駄目だ、レオ。これ以上は、お前の身体に負担がかかりすぎる」

「そんなの、平気だ」

「歩く時に少し足を引きずってただろう。無理はさせたくない」

レオは傷ついて、ダグラスから離れた。

彼が気遣ってくれているのは分かる。確かにまだズキズキするし、受け入れれば痛むと思う。でも、そんなことなど関係ないくらい、彼への欲望は強烈だ。

でも、彼は違うのだろう。溜まっていたものを吐き出して、突発的な欲望も落ち着いてしまったらしい。

一度だけでいい、と思っていたはずだ。でも彼に抱かれた快感が激しすぎて、欲が出てしまった。

ダグラスにとってはこんな男の身体など、たいして抱きたいものでもないだろうに。

「じゃあ、俺はもう寝る」

浅ましい自分が恥ずかしくて、隠れるように寝袋の中に逃げ込む。すると、ダグラスが傍に寄ってきた。

「少し向こうに寄ってくれ」

「なんだよ、おとなしく寝るんだろ」

「この寝袋は片方のはじを開いてつなげると、二人用になるんだ」

「え……?」

「セックスは無理でも、抱き合って眠るくらいはいいだろう?」

ダグラスがさっさと寝袋をつなぎ、レオの横に潜り込んできた。

「おやすみ、レオ」

彼がそう囁《ささや》いて、レオを抱き寄せる。腕をまわしてしっかり胸に抱かれた状態で、レオはぼうっとしてしまった。これではむしろ寝られないのではないだろうか。

何もしないで抱き合って眠るなんて、余計に恥ずかしい気がする。まるで恋人同士みたいに感じてしまうから。

文句を言おうと思ったが、言葉は口から出てこなかった。

ここは、ダグラスの腕の中だ。なんて気持ちがいいのだろう。自分から抜け出すことなど、とてもできない。

胸から伝わる、彼の心臓の鼓動。それが子守歌のようで、レオはいつのまにか眠りに落ちていた。

4

床に血が広がっている。うつ伏せに倒れている身体。近づいて顔を見ようとするが、うまく足が動かない。

手には銃の感触。引き金にかけた指が震えている。

何が起こったのか分からない。辺りは真っ暗だ。それなのに、倒れている人物だけは光が当たったようによく見える。

力なく投げ出された、たくましい身体。乱れたダークブロンドの髪。

ようやく足が動き、近くに行くことができた。血だまりの中に見えた顔は…。

レオは飛び起きた。まわりを見まわし、ほうっと息をつく。夢だと分かったあとも、まだ心臓の鼓動が治まらない。

夢で見えたのはヘインズではなく、ダグラスの顔だったのだ。

無意識に寝袋の中を探ったが、彼はいなかった。部屋にもいないので、先に起きて外へ出ているのだろう。

彼がいないと、寝袋の中が寒く感じる。いつのまにか、彼の体温に馴染《なじ》んでしまった。

森での生活は変わらない。食べ物を探し、釣りをして、たきぎを拾う。だがそのあと、やることが増えた。

暖炉の前で愛し合い、ダグラスの腕の中で眠る。

レオのダメージが回復した頃を見計らって伸ばされてきた腕を、もちろんレオは拒まなかった。

彼の指や舌に慣らされて、レオの身体は変えられた。何もかも、彼にぴったり合うよう、あつらえられたみたいに。

抱き合った時に、互いに腕をまわす場所。彼の腰が、レオの足の間にはまる位置。不思議なほど自然に、彼のためなら身体を開くことができる。

さほど苦しむこともなく受け入れられるようになり、彼の熱情を思うまま受け止められることが嬉しかった。

触れたいと思って手を伸ばせば、いつでも彼に触れられる。傍に身体を寄せれば、抱きしめてくれる。

夢のような、いや、夢見たこともないほど、幸せな日々。

上り詰めるその瞬間、いつも終わりたくないと願う。ずっとそのまま、彼と抱き合っていたいと。

レオはいつのまにか時計をしなくなり、日にちを数えるのをやめた。それでも、終わりの足音は確実に近づいていた。

季節はゆっくりと夏に向かっている。ダグラスは何も言わないが、休暇を兼ねたトレイル調査は観光シーズンが来る前までだろう。

もし、予定の日にダグラスが戻らなければ問題になるはずだ。

幸いなことに、大抵の人はレオとダグラスは仲が悪いと思っている。レオの言動を見ていれば当然だと思う。

二人をよく知っているティム以外は、彼らが『一緒に逃げる』という可能性をあまり考えないかもしれない。

でもタイミングとしては一致しすぎているし、誰が何を疑ってもおかしくはない。ダグラスが罪に問われるようなことだけは、絶対に阻止しなければならないのだ。

恋に溺《おぼ》れてはいても、レオはまったく事件のことを考えなかったわけではない。いくら忘れようとしたところで、考える時間は十分あったから。

すべての発端は、あの飛行機の墜落である。ただの事故ではないから、ＦＢＩがやってきた。

パイロットは元空軍で、おそらく誰かに雇われた。何かを運ぶために。問題は、その積荷に違いない。

誰かがそれを探している。現場から積荷が消えたとすれば、最初に到着したレオが盗んだと疑われるのは当然だろう。こっそり家捜しされたのはそのためだ。

ヘインズは何かに気づいたから殺された？　もともと怪しまれているレオを犯人にすれば一石二鳥である。

その後の展開をいろいろ考えていくうちに、一人の人物が浮かび上がってきた。何度も否定して、別の可能性を検証してみたが、どうしてもそこにたどり着いてしまう。

真犯人か、もしくは協力者。

分からないのは、その動機だ。

レオは心の底から深い溜息《ためいき》をついた。自分がやるべきことは分かっている。でも、まだそれをやる決心がつかない。

かえすがえすも、馬鹿なことをしたと思う。最初からダグラスに、気持ちを打ち明けておくべきだったのだ。

こんな風に、レオの身体が彼を覚えてしまう前に。

一度だけ、とか、ここにいる間だけ、とか自分に言いわけしてきたが、いざ終わりが近づいてくると離れるのが怖くてたまらなかった。

彼を失ったら、これから先、自分はどうなってしまうだろう。

その昔、とある男女が無人島に流される映画があった。女は大金持ちの妻で、男は使用人。本来ならろくに声もかけないはずの男と女は恋に落ち、二人は激しく愛し合う。

だが救助が来て元の世界に戻ったとたん、女は金持ちの夫の元に戻ってしまうのだ。

男にとってはつらいラストだが、真実だと思う。現実世界では、恋に落ちて結ばれて、それでハッピーエンドとはいかない。

しかもこれは、ダグラスにとって『恋』というわけではないのだから。

ほかには誰もいないこの状況で、レオがあざとく誘って彼を引っ張り込んだ。気楽に互いに楽しむために。そういえば、彼が受け入れてくれるかもしれないと考えて。

実際のところ、彼とこんな日々が過ごせるとは思いもしなかった。互いに欲望を『処理する』にしても、もっとドライに、即物的な感じでやるはずだったのに。

ダグラスは腕に抱いて眠ってくれて、大事にしてくれる。恋人になれたように錯覚してしまうほど。

そのたびに、レオの胸は苦しくなった。こういう状況なら、相手がほかの誰でも彼は優しくするに違いない。

ちゃんと告白して、想いを打ち明けていれば、何か変わっただろうか。今となってはもう、彼が変わってしまうのが怖くて何も言えない。

でも元の世界に戻れば、きっと彼も正気に戻る。今は男の身体が物珍しいのも相まって、ちょっとハマっているだけだ。彼らの行為が濃密で激しいものだった分だけ、冷めるのも早いだろう。

ほかにいくらでも、やわらかい身体をした女性がいるのだから。

ここは楽園。豊かで美しく、何もかもが完璧な土地。欲を持ちすぎた人間は、いつだってここを追い出されるのだ。

踏み分け道を通り抜け、湖に出る。すでに自分の庭のように慣れた道だ。湖は青々と茂った緑に囲まれていて、外界から遮断されたような感じがする。

ちょうど滝の水が流れ落ちている場所に、ダグラスがいた。

服を脱ぎ、水浴びをしている。しなやかな筋肉に覆われた身体。肩はがっしりとたくましく、引き締まった厚い胸板。

落下する水の下で首を後ろに倒し、ダグラスが頭を振った。水しぶきが朝日に当たって、輝く光の粒となる。

彼の男らしい裸身自体が、光り輝いているようだ。

レオは彼から目を離せなかった。胸が締めつけられ、息が苦しくなってくる。見ているだけで身体が潤むような感覚がして、力が抜けそうだ。

すると、ダグラスがこちらを向いた。

岸辺からでも、ベルベットのような瞳が輝いたのが分かる。彼が水の下から一歩前へ出たので、身体の線を隠す水しぶきがなくなった。

「レオ」

こちらに近づいてくるにつれて水深が浅くなり、ますます彼の全身があらわになってしまう。

「早いな。お前が起きる前に朝飯を用意しようと思ってたんだが」

濡《ぬ》れた髪を搔《か》き上げる仕草にさえ、心が乱される。今でも信じられない。この胸に、自分が抱きしめられていたなんて。

「レオ?」

言葉もなく見つめているレオに、ダグラスが少し笑った。

「お前も水浴びするか?」

手を差し伸べて、軽く手招く。

「ほら、服を脱いでこっちに来いよ」

まるで催眠術にかかったように、レオは彼の言葉に従った。服を岸辺に脱ぎ落とし、水の中に足を踏み入れる。

ざぶざぶと彼の目の前まで進み、そこで止まった。

レオの中心は、すでに反応して勃《た》ち上がっていた。何もしていないのに、彼を見ているだけでこの有様だ。

でももう、何も隠そうとは思わない。

「ダグラス…」

欲望でかすれる声も、彼を欲しがる身体も。

これが本当のレオだ。全部見て、全部知ってほしい。すべてが終わってしまう前に。

「ダグ…」

触れたら消えてしまうような感じがして、そうっと手を伸ばした。彼の胸に触れられたのに安堵《あんど》して、なめらかな肌を撫《な》でる。

指が小さな突起に触れたので、そこを何度も擦ってみた。彼がぴくっとして、その突起が硬くなる。

反応してくれたのが嬉《うれ》しくてしつこく弄《いじ》っていると、ダグラスにその手をつかまれていた。つかんだ手を口元に上げ、指先にキスされる。

レオはぶるっと震えた。

「あ…」

ダグラスが口を開き、レオの指をくわえた。一本ずつ、丁寧にしゃぶられる。指なんか感じる場所でもないはずなのに。

彼に舐《な》められると、身体がとろけそうになってしまう。

「ダグラ…」

「お返しだ」

ようやく指から離れた唇が、今度は胸に落ちた。レオの乳首に舌を這《は》わせ、軽く吸われる。レオはさらに大きく身体を震わせた。

「んっ、や…」

彼の舌に転がされ、乳首が痛いほど硬く尖《とが》っているのが分かる。そこから広がる快感が、下半身にも伝わってしまう。

反対側にも同じことをされると、がくっとレオの膝が崩れた。水に落ちかかるレオの身体を、ダグラスのたくましい腕が抱えた。

POSTCARD

50円切手を
貼ってね!

105-8055

東京都港区芝大門2−2−1
㈱徳間書店
Chara キャラ文庫 愛読者 係

徳間書店Charaレーベルをお買い上げいただき、ありがとうございました。このアンケートにお答えいただいた方から抽選で、Chara特製オリジナル図書カードをプレゼントいたします。締切は2012年6月30日(当日消印有効)です。ふるってご応募下さい。なお、当選者の発表は発送をもってかえさせていただきます。

ご購入書籍タイトル	
《いつも購入している小説誌をお教え下さい。》 ①小説Chara ②小説Wings ③小説ショコラ ④小説Dear+ ⑤小説花丸 ⑥小説b-Boy ⑦小説リンクス ⑧小説ガッシュ ⑨その他( )	

住所	〒□□□-□□□□ 都道府県		
フリガナ 氏名		年齢 歳	女・男
職業	①小学生 ②中学生 ③高校生 ④大学生 ⑤専門学校生 ⑥会社員 ⑦公務員 ⑧主婦 ⑨アルバイト ⑩その他( )		

※このハガキのアンケートは今後の企画の参考にさせていただきます。ご記入いただいた個人情報は当選した賞品の発送以外では利用しません。

Chara キャラ文庫 愛読者アンケート

◆この本を最初に何でお知りになりましたか。
①書店で見て ②雑誌広告(誌名)
③紹介記事(誌名)
④Charaのホームページで ⑤Charaのメールマガジンで
⑥その他( )

◆この本をお買いになった理由をお教え下さい。
①著者のファンだった ②イラストレーターのファンだった ③タイトルを見て
④カバー・装丁を見て ⑤雑誌掲載時から好きだった ⑥内容紹介を見て
⑦帯を見て ⑧広告を見て ⑨前巻が面白かったから ⑩インターネットを見て
⑪その他( )

◆あなたが必ず買うと決めている小説家は誰ですか?
[ ]

◆あなたがお好きなイラストレーター、マンガ家をお教え下さい。
[ ]

◆キャラ文庫で今後読みたいジャンルをお教え下さい。
[ ]

◆カバー・装丁の感想をお教え下さい。
①良かった ②普通 ③あまり良くなかった
理由[ ]

◆この本をお読みになってのご意見、ご感想をお聞かせ下さい。
①良かった ②普通 ③あまり面白くなかった
理由[ ]

ご協力ありがとうございました。

「俺につかまってろ」

「ん…」

レオは腕をダグラスの首にまわして、身体を支えた。彼の手が背筋を滑り下り、丸い尻の膨らみを撫でて、その間に指を忍ばせる。

レオはますますきつくしがみつき、なんとか姿勢を保った。

「あ、はあっ」

「まだやわらかいな」

昨夜の余韻を確かめるように、指が何度か出し入れされた。押しつけられた腰の間で、重なり合った部分がみるみる熱くなっていく。

彼も、自分と同じように高ぶっているのだ。そのことでさらに欲望を掻き立てられ、レオは小さく喘《あえ》いだ。

「いいか?」

低い問いかけに、こくこくと首を縦に振った。聞かなくたっていいのに。彼が欲しがってくれるなら、レオはいつだってかまわない。

レオ自身が欲しくてたまらないのだから。たぶん、ダグラスよりずっと。

彼がレオの片足を抱え上げ、ぐっと身体を進めてきた。彼をより深く受け入れようと、レオは身体をのけぞらせた。

貫かれる瞬間が、たまらない。

押し広げられ、一番深いところで彼とつながって、すべてが彼で一杯になる。

もっと奥まで、彼のものにしてほしい。めちゃくちゃにしてかまわない。レオの世界が全部壊れてしまっても、ダグラスさえいればそれでいい。

「あ、あっ…」

ダグラスがレオを抱え上げ、腰に両足を巻きつけさせた。レオは目を見張り、彼の顔を見つめる。彼は熱い、射抜くような目で見返してきた。

「見てみろ、レオ」

視線を下げて、どきっとする。勃ち上がって震えているレオのものと、二人がつながっている部分があらわになっていた。

ダグラスがレオの身体をゆっくり下ろし、さらに深く貫こうとしている。

レオは必死でしがみつきながら、彼が自分の中に入っていくところを見た。

彼の腰をはさんだ足の間に、ダグラスのたくましいものが打ち込まれ、じわじわと呑《の》み込まれていく。それに従って、レオの欲望はますます天を向き、蜜を滴《したた》らせる。

全部を収めてしまうと、身体を揺すり上げられた。

「ああっ…！」

視覚と感覚からくる衝撃に、レオは悲鳴のような声をあげた。彼のものに突き上げられ、彼の存在を全身で感じる。

自分が彼に貫かれていくのを見て、完全に一つになれたような気がする。

「やっ、だめっ、ああっ…」

今まで以上の強烈な快感に、レオは瞬く間に上り詰めてしまった。ぶるぶると震える身体を、ダグラスが支えてくれた。

「もう少し、我慢できるか？」

「え…、あ…っ」

「もっとお前を感じたい」

力強い彼の腕に持ち上げられ、再び下ろされた。擦られる内側から電流が流れたようで、足の先まで痺《しび》れてしまう。

自らの体重で彼の上に沈み込むと、全身がわななき、また熱が上がっていく。

「ダグ…、ダグラスっ…」

腰が上下するたびにレオは声をあげ、激しい快感に身悶《みもだ》えた。まわりを囲む緑の木立。滝の水しぶきと、降り注ぐ朝の光。

ずっと好きだった男に貫かれ、歓喜する身体。

ここは楽園だ。生まれたままの姿と、純粋な欲望。存在するのは二人だけで、すべてが完璧な世界。

レオは夢中で彼の唇を求め、腰を押しつけた。

「ああ、ダグラス…！」

一際高い声を上げ、再びレオは達していた。

二人とも、しばらく動けなかった。

しっかりとしがみついたまま、快感の余韻に身体が小刻みに震えている。ダグラスもじっと動かず荒い息をついていたが、ようやく口を開いた。

「レオ」

「ん…？」

「ゆっくり足を下ろせるか？」

「どうかな…」

足を動かそうとしたが、何しろまだ彼が中に入っている。串刺しになったような状態で、動くと震えがひどくなってしまう。

がくがくする身体で、なんとか足をほどこうとした。

「ゆっくりだ、レオ」

「お前も協力しろよ」

「いや、俺が動くと…」

「動くと?」

彼の顔を見ようとして、しがみついていた手をゆるめ、上半身を起こす。そのとたん、ダグラスがぐらっとバランスを崩した。

二人して水の中に倒れ込み、その拍子で身体がほどける。彼が体内から出た感触に、レオは小さくうめいた。

「大丈夫か?」

心配そうなダグラスに、レオは頷《うなず》いた。

「ああ、お前は?」

ダグラスが小さく首を振る。

「少々、無理な体勢だったな」

しみじみ言ったダグラスに、思わずぶっと吹き出す。げらげら笑うレオにつられ、ダグラスも笑った。

ひとしきり二人で笑い転げたあと、レオはダグラスにゆっくり近づいていった。初めて触れた時と同じように、首に腕をまわしてキスをする。あの時よりもっと深く、心をこめて。

ダグラスは背中を抱きしめ、キスを返してくれた。

長いキスを終えると、レオは彼の肩口に顔を埋め、ゆっくり口を開いた。

「俺は、町へ帰る」

一瞬、ダグラスの身体がこわばった。だがすぐに力を抜き、大きな手が背中を撫でた。

「そうか」

それだけの返事に、いろいろな意味が込められている気がする。彼が反対しないだろうことは分かっていた。

たぶん、レオがその決心をするまで待っていてくれたのだろう。

「いつ出発する?」

「用意を終えたらすぐに。暗くならないうちに着きたいんだ」

「分かった」

ダグラスはそう言って、一度だけ強くレオを抱きしめたあと、身体を離した。

これで、終わりだ。

急に冷えたような身体を小さく震わせ、これが正しいのだと自分に言い聞かせた。激しい行為。経験したことのない快感。

身体のすみずみまで、彼のものになったような気分になれた。ダグラスはすべて与えてくれたのだ。レオには身に過ぎるほどのものを。

もう、十分だ。

決心が鈍ってしまわないうちに行かなければ。

これ以上、彼の腕の中にいたら、本当に離れられなくなってしまう。ダグラスにしがみつき、ここに縛りつけて彼の人生をめちゃくちゃにする前に、自分で終わらせるのだ。

楽園に留まるには、レオの欲望は醜くすぎるから。

湖を渡るためのゴムボートは、隠したままの場所にあった。

帰りの道行きは、行きよりも楽だった。長期キャンプの場合、荷物のほとんどは食料で、食べていくほどに軽くなる。

理にかなったシステムだ。

歩いている間、レオはあまり口をきかなかった。前を行くダグラスの背中を、黙ってずっと見つめていた。

何か話すと、張り詰めた緊張の糸が切れてしまいそうだったのだ。

その時、自分が何を言い出すか分からない。馬鹿なことを言うのが怖くて、レオは沈黙の中に逃げ込んでいた。

ダグラスもまた、黙々と歩を進めていた。町に戻ってからのことを考えているのだろうか。レオとこれからどうするかを？

彼の気持ちを聞くのも怖かった。だからますます何もしゃべれない。

今回もダグラスがボートを漕いで、湖を渡った。車にも特に変わったことはなく、同じところに停まっている。ダグラスがキーを取り出し、ロックを解除してからようやく口を開いた。

「まずはどこへ行く？」

レオは少しためらってから、返事をした。

「例の墜落現場だ」

「あそこはもう調べ尽くしただろう。まだ何かあると思うのか？」

「分からない。でもすべての発端はあの事故だ。もう一度確かめたい」

「分かった」

車に乗り込んでから、彼の顔をうかがう。

「ゲートの外まで出してくれればいい。お前はレンジャーの詰め所に戻って、報告することとかあるだろ」

「いや、墜落現場まで送る」

「…ありがとう」

「俺が勝手にやってることだ。礼はいらない」

どことなく、ダグラスは機嫌が悪そうだ。現実世界が近づいてきて、やっぱりいろいろ思うところがあるのだろうか。

胸の奥がきりきりする。森の中でのことは突発事故みたいなものだからお互い忘れよう、とレオが言ったら、安心してくれるかもしれない。

でも、そんな嘘をつく心境にはまだなれなかった。

レオは絶対に一生忘れないし、何度も夢に見ることだろう。きっとこの思い出だけで生きていける。彼が忘れてしまっても。

もう少し、気持ちが落ち着いたら、きちんと話そう。誰にも言わないし、彼は何も気にする必要はないんだと。

それで友人に戻れればいいと思う。彼がそれを許してくれるなら。

再び毛布をかぶり、公園のゲートを抜けた。呼び止める者もなく、拍子抜けするほど簡単だ。誰もダグラスを疑っていないなら、それに越したことはない。

墜落現場の付近でも、人気《ひとけ》はなかった。車を降りて飛行機のところまで歩こうとすると、ダグラスもついてきた。

「一緒に来なくていいんだぞ」

「いや、俺も確かめたいことがある」

「何を？」

「あとで話す」

レオは肩をすくめ、彼と一緒に再び斜面を下りた。今は彼と向き合う勇気がない。だから、事件のことに頭を集中させることにした。

飛行機の残骸《ざんがい》は、まだそこにあった。何も運び出されていないところを見ると、ＦＢＩが封鎖したままなのだろうか。

ざっと見まわってみたが、以前と変わっているところはなかった。

ふと胴体の腹の部分に目がいった。枝に引っかけられたのか、亀裂が入っている。近くに行って調べてみた。

機内までは到達していない傷なので気にしなかったが、その部分の内側は空間だ。あるいはそこが貨物室で、そこから積荷が落ちたのかもしれない。

もし積荷が非合法なものなら、機内を調べられても大丈夫なように、隠し部屋ということもあり得るだろう。

亀裂から中を覗《のぞ》いてみたが、何もなかった。

「誰か最近来たらしいな」

斜面のほうにいたダグラスがそう言ったので、レオは近くに寄っていった。

「ＦＢＩか?」

「いや、これはワークブーツだ。ＦＢＩはこんな靴ははかないだろう」

レオはしゃがんで調べてみた。この辺りはさんざん人が来て踏み荒らされたはずだが、確かにこれは新しい。

ふと、近くに落ちていた吸い殻に気がついた。拾い上げ、軽く匂いを嗅《か》ぐ。

「なんだ?」

レオは吸い殻をダグラスに渡した。

「マリファナだ」

ダグラスが眉を寄せた。

「飛行機の残骸を見ながら一服したヤツがいるわけか?」

いる。

「そうらしいな」

レオは新しいワークブーツのあとを追ってみた。レオたちが来た方向とは反対側に向かっている。

斜面を登り、また足跡を探す。レオは近辺を捜索したが、あくまで飛行機の残骸を探すためだった。足跡は墜落とは関係のなさそうな場所に続いている。

しばらく行くと下生えで足跡は分からなくなってしまったが、茂みを掻き分けた時にそれを見つけた。マリファナだ。ほかの植物にまぎれて、ぱっと見ただけでは分からない。たいした量ではないが、ここで栽培しているらしい。

レオは考えた。ここが秘密のマリファナ畑だとすると、誰かが世話をしていたはずだ。飛行機が墜落した時にここにいれば、レオより先に現場に着いたかもしれない。

その誰かが、あの亀裂から落ちた積荷を見つけたとすれば……。

「レオ？」

すぐ後ろにいたダグラスに声をかけられ、はっとした。

「何か見つけたか？」

「まだ、はっきりしたことは分からない」

レオはダグラスの顔を見つめた。

「お前に頼みがある」

「なんだ?」

「レンジャーの詰め所に戻って、状況を調べてくれ。それから、FBIのオヘア捜査官に連絡を取ってほしい。俺から話があるって」

彼があからさまに顔をしかめた。

「大丈夫なのか?」

「どうかな。でも少しは落ち着いたと思うし、すぐ撃ち殺されたりはしないだろう」

「お前はどうするんだ?」

「俺は保安官と話がある」

ダグラスはふうっと息を吐いた。

「もう決めたんだな」

「ああ」

「分かった。協力する」

ダグラスは両手でぐっとレオの肩をつかんだ。

「だがいいか、何かあったらすぐ俺に連絡しろ。俺はお前のためなら、犯罪者になろうが、刑務所に行くことになろうがかまわない」

ティムが教えてくれた高校時代の脅し文句を思い出し、レオは少し笑った。

「馬鹿言うな。お前、高校時代もそう言ってチームメイトを脅したろ」

「ただの脅しじゃない。俺は本気だ。昔も今も」

いつもはベルベットを思わせる彼の瞳が、鋭い光を放っていた。静かに燃えるグレイの炎。ティムの言ったことは本当だ。今までどうして気づかずにいたのだろう。

たぶん、レオの前では見せないようにしていたに違いない。こういう目をするダグラスは確かに怖い。でも一方で、ぞくぞくするほど魅力的だ。

我ながら呆《あき》れてしまう。こんな状況で、また彼に欲情しているなんて。

「いいな、俺の言葉を忘れるなよ」

凄《すご》みのある声で念を押され、思わず頷く。

「じゃあ、行くぞ」

肩から手を離し、彼が車のところに戻っていく。レオはなんとか冷静になろうと努力しつつ、そのあとを追った。

ここで理性を失って彼に抱きついたりしたら、せっかくの決意が水の泡だ。ここはもう楽園じゃないことを、頭と身体に覚え込ませなければ。

ダグラスは再びレオを乗せて車を運転し、公園のゲート前まで戻った。

「俺は徒歩で戻る。お前はこの車を使え」

「でも…」

「無線で連絡できるし、何をするにしても車は必要だろう」

確かにその通りだ。でもレオがこの車を使うことで、ダグラスの立場が悪くならないようにしておかなければ。

「分かった、借りるよ。用がすんだら『ジャックス』の駐車場に置いておくから、あとで取りに来てくれ。鍵《かぎ》はグローブボックスの中だ」

ダグラスが頷き、車を降りた。レオが運転席に移動するのを待って、窓から覗く。

「それから、もう一つ言っておく」

「なんだ?」

「お前との森での暮らしは、俺にとって生涯最高の日々だった。それも、覚えておいてくれ」

「え…」

「くれぐれも用心しろよ、レオ」

ダグラスが背を向け、車から離れてゲートのほうへ歩いていってしまう。レオは目を見開いたまま、その背中を見つめていた。

今のは、どういう意味だろう。

生涯最高の日々？　レオだけじゃなく、ダグラスにとっても？

レオはハンドルに顔を伏せ、押し寄せる感情の波と闘った。すぐに彼を追いかけたい。追いかけて、聞きたい。彼の言葉の真意を。

でも今は、事件を解決するのが先決だ。逃亡者のままで、何ができるというのだろう。彼を逃亡幇助《ほうじょ》の罪になど問わせない。絶対に。

ぐっと身体に力を入れ、レオはアクセルを踏み込んだ。

レオはまず、自宅に向かった。離れた位置に車を停め、徒歩で近づいて様子をうかがう。さすがにもう、見張っている者はいないらしい。とっくに町の外に逃げたと思われているのだろう。

裏口から入ってみると、家の中は完璧に捜索されていた。前回とは違い、竜巻でも通ったかのようにぐちゃぐちゃなままだ。

レオは掻きまわされたクローゼットの中から、適当に見つくろった。現実世界に戻るにあたって、まずは小綺麗《こぎれい》な服に着替える。ついでに野球キャップを目深にかぶった。変装とまではいかないが、ぱっと見ただけでは顔が分かりづらい。

それからいくつか必要なものを見つけ出し、再び車に戻った。

次に向かったのは、サムの家だ。サム・ダントン。保安官の息子。彼はマリファナ不法所持で何度か捕まっている。

この辺りでマリファナと関連があるとすれば、彼だろう。自分で育てているなら、入手するのも簡単だ。

サムは父親の家を出て、町外れに家を借りている。持ち主が仕事でボーズマンに行くことになり、保安官が借り受けたという。

レオは車を裏に停め、こっそり家に近づいた。サムの車はないし、窓から覗いても中にはいないようだ。

持ってきた道具を取り出し、ドアの鍵をこじ開けた。さほど腕はよくないが、レオにも家宅侵入くらいはできる。

部屋はあまり広くはなく、ゴミだらけだった。ピザの箱、ビールの缶、ウイスキーの空き瓶もあちこちに転がっている。

何を探すのか自分でも分からないが、ともかく手がかりになりそうなものを見つけたい。

レオは隠し場所と思われる場所を探ってみた。散らかし放題のリビング、寝乱れたままのベッドがある寝室。

クローゼットに置かれた靴は、ワークブーツだった。レオは持ち上げて靴裏を調べた。泥だらけで、踏みつけた草もこびりついている。裏の模様は、墜落現場からマリファナ畑まで続いていた靴跡と同じだ。

もちろん、これと同じ靴はいくらでもあるだろうが、ただの偶然とは思えない。

さらにバスルームには、マリファナの葉が並べられていた。収穫したマリファナを、ここで乾燥させているらしい。紙巻き用のシガレットペーパーもある。

これだけでも罪に問えるが、今回の目的とは違う。

再びリビングに戻って、キッチンに入った。冷蔵庫の中も、缶ビールがあるだけだ。ふと思いつき、棚に置かれたクッキーの缶を開けてみた。するとそこに、輪ゴムで丸められた札束があった。

マリファナを売った金かとも思ったが、広げてみるとすべて百ドル札で、手が切れそうな新札だ。

たかがマリファナの取引で、こんな金を払う客はいないだろう。サムは無職で、簡単に大金を稼げるとは思えない。

レオはじっくりと札を眺め、それをポケットに突っ込む。ほかにめぼしいものはなかったので、サムの家を出た。

久しぶりにした時計で、時間を確認する。ちょうど人々が仕事を終え、家路につく頃合いだ。あともう一軒、家宅侵入しなければならない家がある。


玄関のドアが開いて電気がついた時、レオは正面の椅子に座っていた。ぎょっとして立ちすくむ姿に笑ってみせる。

「こんばんは、保安官」

ダントンは一瞬息を呑《の》んだが、すぐさま態勢を立て直した。

「レオじゃないか！　いったい今までどこにいたんだ？」

「あちこちに」

レオは向かいの椅子を指し示した。

「座りませんか？　話したいことがあるんです」

ダントンは迷うように逡巡《しゅんじゅん》したあと、どかっと椅子に腰を下ろした。

「それで、大丈夫なのか？　ＦＢＩが君を捜しているんだぞ」

「知ってます」

「ヘインズ捜査官と何があった？　なんにせよ、すぐ私に相談してくれればよかったんだよ。なるべく罪が軽くなるように口添えもできたのに」

「彼を殺したのは俺じゃありません」

　ダントンは顔をしかめて首を振った。

「それなら、きちんと釈明すべきだっただろう。逃げれば疑われて当然だ」

「ＦＢＩと話す前に、確かめたいことがあったんです」

「それはなんだね？」

「あの墜落した飛行機の積荷について」

　さらりと言って、ダントンの顔をうかがう。彼はごく普通に驚きの表情を浮かべた。

「あれはただの事故だろう。何も見つからなかったんじゃないのか？」

「墜落したのは事故かもしれません。でも積荷はありました。俺より先に現場に着いて、積荷を持ち去った者がいるんです」

「それは誰だ？」

「サムがあの近辺で、マリファナを栽培しているのは知ってましたか？」

　初めてダントンは顔色を変えた。

「君はまさかサムのことを…」

レオはポケットから札束を取り出し、テーブルに置いた。

「これが彼の家にありました。おそらく積荷の一部でしょう。あの飛行機が非合法の金を運んでいたとすれば、辻褄《つじつま》があいます。貨物室に隠されていたケースが、墜落した衝撃で外に飛び出し、サムがそれを回収したんだと思います」

ダントンは椅子から立ち上がり、うろうろと歩きまわり始めた。

「息子は確かに、問題を抱えている。だが、その札だけでは証拠にならんぞ」

「これをＦＢＩに渡して、調べてもらいましょう。彼らは積荷について何かをつかんでいるから、わざわざここまで調査に来たはずですから」

「まさか捜査官を殺したのも息子だと？」

「まだそこまでは。俺を犯人に仕立てあげる手際はかなりのものでしたし」

「とにかく、オヘア捜査官に連絡しよう。確かここに連絡先のメモが…」

ダントンが引き出しをごそごそと探り始める。しばらく待ってから、レオは口を開いた。

「探し物はこれですか？」

振り向いたダントンは、レオが手にしている銃を見て固まった。

「驚きましたよ。あなたが自宅に銃を置いているなんて」

ダントンの顔が、今度は怒りで真っ赤になった。

「私の家を勝手に掻きまわしたのか？」

「俺の家も捜索されましたから、おあいこです」

レオは銃を手に椅子から立ち上がった。

「問題なのは、ヘインズ捜査官を殺した銃のほうです。俺は銃を家に持ち帰らない。あの銃は、保安官事務所にあったはずです。それを俺の手に握らせるには、事務所から持ってこなければならない」

あの直後には気が動転していて、ゆっくり考える暇がなかった。だが、あの銃がどうやってレオの手元に来たかは明白だ。

「保安官事務所の保管場所から銃を取り出せる人間は、そう多くない。あなたも、その一人だ」

ダントンは引きつった笑みを浮かべた。

「まさか私を疑っているのか？」

「俺も信じたくありませんでしたよ。でも、その後のことを考え合わせると納得がいく。あまりに早く俺の容疑が確定し、武器を持った凶悪犯として射殺許可が出た。合法的に俺を始末する手配ができるのは、あなたしかいない」

ダントンは、いい人間だと信じていた。父と一緒にずっと働いていたし、家族のように付き合っていた。

彼に信じてもらえなかったことが、ひどくショックだったのに。彼自身がレオを凶悪犯に仕立て上げたのだ。

保安官という立場を利用して。

「でも理由が分からなかった。FBIを殺し、俺に罪をきせなければならない理由が。ようやく分かりましたよ。すべては、サムが見つけた積荷のせいだったんですね」

銃口をぴたりと向けて、睨《ね》めつける。

「教えてください、保安官。サムを守るためですか？　それとも金のため？」

ダントンは銃からレオに目を移し、猫撫《な》で声を出した。

「さらに罪を重ねたいのか？　君は動揺して、おかしな妄想に取りつかれているんだ。馬鹿な真似はやめて、銃を渡したまえ。私が力になるから」

レオは冷然と笑った。

「俺はすでに殺人犯なんですよ。いまさらあなたの膝を撃つくらい、どうってことない。まずは右足から撃って、それでもシラをきるなら左足も撃ちましょう。歩くのに不自由することになるでしょうが、射殺されるよりはマシじゃないですか？」

銃口を下げ、ダントンの右膝に狙いを定める。レオはこの地区の射撃大会で優勝したこともある腕前だ。狙いを外さないことは、彼にも分かるだろう。

ぴたりと向けられた銃口から逃れるように、ダントンはじりじりと下がった。

「待て、レオ、落ち着け」

「動くと、余計まずい場所に当たりますよ。そろそろ時間切れです、保安官」

「やめろ、待て、分かったから！」

「話してもらえますか？」

「そうだ、私がやった。すべては息子のためなんだ」

額に浮いた汗を手の甲で拭《ぬぐ》う。

「三度目にサムが捕まった時、私は君の父親に見逃してくれと懇願した。次に捕まったら実刑だと言われていたし、私は息子を刑務所に入れたくなかった。だが、彼は私の頼みを聞き入れなかったんだ。出所したサムは、人が変わっていたよ。自暴自棄になり、息子を守れなかった私を憎むようになった」

苦しそうに首を振る。

「そのサムが、私を頼ってきたんだ。空から降ってきたジュラルミンケースを抱えてな。鍵を壊して中を見て驚いたよ。なんと札束が詰まってたんだ。分かるだろう、どうせこの金はまともな金じゃない。だがこの金があればサムとこの町を出て遠い場所に行き、新しい人生を始められる。親子としてやり直すチャンスだったんだ」

「だからといって、ＦＢＩ捜査官を殺す必要などなかったでしょう」

「動揺していたんだよ。彼らが嗅ぎまわり始め、君はしつこくいろいろ調べていた。サムは辛抱が足りないし、捜査が長引けばどう転ぶか分からない。どうしても疑いの目をそらせる必要があったんだ」

レオはぐっと唇を噛みしめた。

「違う。俺の父のせいとか、サムのためとか言ってるが、事実じゃない。あなたは、金に目がくらんだんだ」

冷静でいようと思ったのに、感情が抑えられなくなってくる。

「ＦＢＩに俺が疑われているのを知ったあなたは、それを利用した。動揺どころか、きっちり計算して、俺の銃で冷酷に人を殺した。俺が金を盗み、それに気づいた捜査官を殺したとまわりに信じさせるために。優しい親切そうな顔をして、あなたが俺をハメたんだ！」

大きく息をつき、なんとか気持ちを落ち着けようとした。

「今の話を、ＦＢＩの前でしてもらいますよ」

「それは、どうかな」

ダントンが唇の端を引き上げる。はっと気づいた瞬間、後ろからいきなり何かで殴《なぐ》りかかられていた。とっさに身体を引いて避けたが、それが腕に当たり、銃が床に落ちる。痛みで動きが止まった隙《すき》にダントンが飛びつき、先に銃を拾い上げた。

後ろにいたのは、サムだった。手にしているのは警棒のようだ。おそらく、バスルームでレオを殴った凶器に違いない。

サムは瘦《や》せてひょろりと背が高く、病人かと思えるような青白い顔をしている。しかし力は強いし、動きは猫のようだ。忍び寄られていたのに気づかなかったとは。

ダントンが銃を構え、レオに狙いを定めた。

「形勢逆転だな」

「だから初めから、こいつを殺しとけばよかったんだよ」

淡々とした口調で言うサムに、ダントンがテーブルの上の札束を指し示した。

「お前、金を抜き取ったな。あれほどしばらくは使うなと言ったのに」

「せっかくの金も使えなきゃ意味がないだろ」

「まだＦＢＩがうろついてるんだ。用心しないと、せっかくの計画が台無しになる」

レオに目を戻し、ダントンがにんまりした。

人のいい、人情に厚いと言われていたダントンの目に、今はぎらぎらした光が宿っている。

たぶん、ケースに詰まっていた金を見た時に、彼の中で何かが変わってしまったのだ。

サムのためだというのも本当だろう。レオに罪をきせたのは、父に対する怨《うら》みがあったせいかもしれない。

だが、結局は金なのだ。

多すぎる金は、人の心を狂わせる。平気で人を殺してしまえるほど。

「ＦＢＩが先に君を見つけたら、ちょっと面倒だと思ってたんだよ。君が彼らに変なことを吹き込んだら困るからね。ここへ来てくれてよかった」

レオは努めて冷静な声を出した。

「俺を殺すつもりですか？」

「いや、君は盗んだ金を取りに戻ったついでに、私を逆恨みして襲ってきたんだ。私は不法侵入した君を、正当防衛で射殺する。この金をポケットに入れておけば、ＦＢＩも納得するだろう。君が隠した残りの金は、残念ながら見つからないだろうな」

「それはあなたの銃で、俺は丸腰ですよ。正当防衛が成立しますかね」

「そうだな、君が私の銃を奪おうと飛びかかってきたので、撃ったことにしてもいい。どちらにしても、みんな私の言葉を信じるさ」

いや、信じない人間がいる。一人だけ。

レオはダグラスのことを思い、胸を震わせた。ここで殺されるくらいなら、彼にすべてを話しておけばよかった。

ずっと長い間、彼に恋していたことを。

誰よりも何よりも、彼が好きだったことを。

気楽に楽しむみたいに彼を誘ってしまったが、あの森でのことはレオにとって、最高に幸せで本当に生涯最高の出来事だったのだと。

死ぬ前に、せめて一言でいいから気持ちを伝えたい。

銃を撃つ時、誰でも身体に力が入る。微妙なその一瞬のために、レオは力を蓄えた。初めの一発が急所に当たらなければ、チャンスはある。

じっとダントンを見つめ、銃の引き金にかかる指に全神経を集中した。今だ、と思ったその瞬間、ドアがすさまじい勢いで開いた。

開いたというよりは、蝶番《ちょうつがい》ごと外れた、というべきだろう。

外から大きな弾丸のような塊が飛び込んできて、そのままダントンに体当たりする。ダントンは銃を持ったまま後ろに吹っ飛び、テーブルをなぎ倒して床にたたきつけられた。

レオはぐずぐずしていなかった。素早くサムの警棒を取り上げ、腕を締め上げる。家に残っていた手錠を取り出し、後ろ手にかけた。

それから急いでダントンのほうを見たが、彼は床の上で完全に伸びていた。

「レオ！　無事か！」

見たこともない形相をしたダグラスに、ぎゅっと肩をつかまれた。こんな男がアメフトゲームの対戦相手にいたら、すごく怖いに違いない。

彼はクォーターバックより、ディフェンダーに向いていたのかも。

「大丈夫なのか？　レオ！」

返事をしないレオに焦れたらしく、がくがくと揺さぶられる。レオはようやく口を開いた。

「ナイスタックル」

5

　前回とは違って、ＦＢＩのオヘア捜査官は落ち着いていた。さらに、いくらか態度も軟化している。ダグラスから連絡を受けて、大急ぎで駆けつけてきたらしい。

　レオはポケットに忍ばせていた小型のデジタルレコーダーで録音したダントンとの会話を聞かせ、自らの潔白を主張した。

「状況証拠しかなかったため、保安官の口から事実を話させる必要がありました。銃で脅していたので証拠としての効力は薄いかもしれませんが、きちんと調べてもらえれば…」

　オヘアはふっと息を吐いた。

「君の家から、例の飛行機に積まれていたと思われる、空のジュラルミンケースがみつかった」

　レオは目を瞬いた。おそらく、保安官が置いたのだろう。紙幣をほかに移したあとで。

「それは…」

弁明しようとすると、オヘアが手でそれを制した。

「あのケースがみつかったことで、私も疑いを持つようになった。君はハメられたのではないかと」

「なぜですか？」

「我々が始めに調べた時にはなかったからだ」

「俺の家をこっそり探ったのは、やっぱりあなたたちでしたか」

レオは納得して頷いた。

「第一発見者を疑うのは捜査の基本なのでね」

オヘアは胸で腕を組み、皮肉っぽい笑みを浮かべた。

「あのダントンという男は曲者《くせもの》だな。気のいい田舎者の保安官という態度に、すっかり騙《だま》された。君はひどく情緒不安定で、危険な男だと思い込まされたよ。ヘインズだけが呼び出されたと聞いた時は嫌な予感がして駆けつけたが、それが的中したことですっかり我を失ってしまった」

「…ヘインズ捜査官のことはお悔やみ申し上げます」

「ありがとう」

礼儀正しく礼を言って、オヘアは少々くだけた口調になった。

「君と話したかったが、何しろ町中が妙に殺気だっていたからな。あれもダントンが煽《あお》っていたんだろう。自分で撃っておいてなんだが、君が撃ち殺されないかと冷や冷やしたよ」

　レオは思わず笑ってしまった。

「ご心配をどうも」

「それにしても、天に昇ったか地に潜ったか、まったく居所がつかめなかったな」

「潜伏は捜査の基本なので」

　すまして言うと、オヘアはにやっとした。

「どこにいたのか、言う気はないんだろう？」

「ええ」

　レオがいた場所は、楽園だ。近くて遠い、二度とは行けない夢の土地。

「そちらはどうです？　あの金がなんだったのか教えてもらえますか？」

　オヘアは肩をすくめた。

「あの金は、偽札だ」

「え…」

「かなり精巧なもので、シークレットサービスと共にその流れを追っていた。カナダに大量に持ち込まれるという情報をつかんだところで、あの墜落事故が起きた」

「墜落したのは本当に事故だったんですか？」

「エンジントラブルのようだ。ロッキー山脈を越えるつもりだったらしいが、山の中に墜ちていれば、永久にみつからなかっただろうな」

レオは考えずにいられなかった。あの飛行機がたまたまレオのいた近く、そしてサムのマリファナ畑の傍《そば》に墜ちなければ、こんな騒ぎは起こらなかった。

目の前に大金の入ったケースが落ちてきて、それがサムと保安官の人生を狂わせた。人殺しまでしたというのに、偽札だったとは。

「最初に偽札を積んでいたと教えてくれていれば、あるいは…」

レオの指摘に、オヘアは渋い顔をした。

「それを言わないでくれ。この偽札のことは極秘だったんだ。出まわる前に回収したかったが、こんなことになるとはな」

「地元警察との情報交換は大切ですね」

「これからは肝に銘じておこう」

オヘアは組んでいた腕をほどいて、手を差し伸べた。

「君にはいろいろ迷惑をかけた」

「こちらこそ、いい勉強になりました」

レオはしっかりと手を握り返した。


今はＦＢＩの執務室となった保安官室から出ると、ダグラスが待ち構えていた。

「どうだった？」

レオは指でオーケーマークを作った。

「俺はもう逃亡犯じゃない。なんか向こうも怪しいと考えてたらしいし、もう少し早く戻ってきてもよかったたな」

「…そうか」

ダグラスがほっとしつつも、複雑そうな顔をする。レオはからかうように笑った。

「そういえば、保安官は肋骨《ろっこつ》が三本折れてたそうだぞ。元アメフト選手のタックルはすごいよなあ」

ダグラスは少しも笑わず、目が剣呑《けんのん》な光を宿す。

「お前を殺そうとしたんだ。肋骨ぐらいじゃ気が治まらない」

「ダグ…」

「オヘア捜査官に連絡を入れたあと、心配になって保安官の家に行ったんだ。窓からお前が銃で狙われているのを見て、心臓が止まるかと思ったよ」

レオはこわばった彼の腕に触れた。

「心配かけてごめん」

「お前を失うことになったら、俺は自分がどうなるか分からない」

「そんなの、俺だって…」

思わず抱きつきそうになり、レオははっとした。まだ楽園にいた頃の癖が抜けないらしい。ここは保安官事務所で、扉の向こうにはＦＢＩもいる。

早く頭を現実世界に戻さなければ、人前でとんでもないことをやりそうだ。

レオはごほんと咳払いをして、彼から少し距離を置いた。傍にいるのは危険だから。

「えーと、場所を変えて話さないか?」

「お前の家に行こう」

レオはちょっと考えた。

「でも家宅捜索されてるから、ぐちゃぐちゃだぞ」

「二人で片付ければいいさ」

「お前がいいならいいけど」

「じゃあ、行くぞ」

ぐいっと手を引かれ、レオは焦った。

「おい、よせって」

「何が?」

「手を引っ張るな」

「ああ、悪い。つい癖で」

ぱっとダグラスが手を離す。どうやら彼も、まだ頭が戻ってないらしい。自分で言っておきながら、すぐに離れてしまった手をレオは少々残念に思った。


物が床に散乱している部屋に入り、レオは溜息をついた。改めて、こんなに多くの物に囲まれていたことを実感する。

あの狩猟小屋で必要だったのは、フライパン一つにライターと寝袋。それに暖炉だけだった。生きていくのに、本当に必要なものはそれだけ。

いや、もう一つある。ダグラスだ。彼がいなければ、どこにいたって寂しすぎる。だから人は物に囲まれるのかもしれない。

寂しさを埋めるために。

「全部片付けるにはしばらくかかるな。とりあえず、座るところを作ろう」

銃弾の穴があるソファの上から物をどかしていると、ダグラスが後ろから腕をまわしてレオを抱きしめた。

レオの呼吸が止まってしまう。

「ダ、ダグラス、何…」

「俺はもう、お前を抱きしめられないのか?」

「え…」

「お前の無実が証明できたのを喜ぶべきなのに、俺は喜べなかった。逃亡者でもなければ、お前を俺の傍に留めてはおけないから」

どくどくと心臓の鼓動が速まり、触れられているところが灼《や》けるようだ。本当に? 現実世界に戻っても、彼はレオを抱きたいと思っている?

「お前を失うかと思ったあの一瞬の恐怖は、絶対に忘れられないだろう。思い知ったよ、俺にはお前が必要だってことを」

「ひ、必要って、俺の身体が…?」

「分からないのか？　お前を愛してるってことだ」

頭がくらくらする。またしても自分は夢を見ているのではないだろうか。夢の中でも、こんなすごいことは言ってもらえなかった。

願うことさえ、つらくてできなかったのに。

「お前はどうなんだ？　事件が解決したら、俺はもう必要ないのか？」

「…馬鹿言うな！」

レオは彼の腕から抜け出して振り向いた。正面から顔を見据える。

「よく考えろよ、ダグラス。あの森の中は二人しかいなくて、世間の常識も偏見もない別世界だったんだ。閉鎖された場所での一時的な情熱で、セックスの快感を別の感情と勘違いしただけじゃないのか？　外に出てどこかの美女に出会えば、正気に戻るかも…」

ダグラスは真っ向から見返してきた。こんな情熱的な眼差しをする彼を、レオは知らない。いつだって彼は穏やかに笑っていたから。

「森の中でも、この町でも、俺は俺だ。変わることはない。お前が正気に戻って俺とはいられないと言うなら、受け入れてくれるまで、いつまでも待つ」

「馬鹿野郎！」

レオは力任せにダグラスの胸をたたいた。

「そんなこと、簡単に言うな！　俺はな、むちゃくちゃお前に惚《ほ》れてるんだ。そんなの、ずっと前からだ！」

「レオ…？」

「お前なんか、ぜんぜん気づかなかったくせに！　俺がお前に喧嘩《けんか》をふっかけてたのは、お前と女が一緒にいる姿を見たくなかったからだ！　お前はいつだって女に囲まれてて、俺を見もしなかったじゃないか！　俺がずっとどんな気持ちで…！」

ぼかぼかたたいていたレオの手を、ダグラスが押さえた。

「俺が知らないというなら、教えてくれ。お前の気持ちを」

レオの心はもう限界だった。

殺されるかもしれないと思ったあの時、頭にあったのはダグラスのことだけだった。気持ちを伝えておけばよかったと。

死ぬ前に、どうしても言いたいことがあった。

もう、言ってもいいのだろうか。死ぬ前でもなく、楽園でもないこの場所で。

「す、きだよ…」

あまりにも長い間封印していた言葉を口に出すと、胸に痛みが走った。

「ダグラスのことが、好きなんだ。学生の頃から、ずっと好きだった。気楽に遊ぶみたいに誘ったけど、ほんとはずっと触れたくて、夢の中で何度もお前に抱かれてた。友人の顔をしながら、心の中は欲望で一杯で、俺はお前の傍にいる資格なんかないって、ずっと…」

「レオ」

ダグラスが胸の中に抱き入れ、ぎゅっと抱きしめてくれた。

「今の俺の心の中を知ったら驚くぞ。お前が大変な目にあった直後だっていうのに、お前が欲しくてどうにかなりそうだ。無理な体勢でもなんでも、お前を抱きたくてたまらない」

湖でのことを思い出し、レオはちょっと赤くなった。

「無理しなくても、ここにはベッドがある」

ぼそりと言うと、ダグラスが少し身体を離した。彼のグレイの目が輝きを帯びる。ベルベットのように、くるみこまれる温かさ。

でもその中に、今は見つけることができる。静かに燃える情熱を。

「じゃあ、さっそくベッドに行こう」

ひょいっと抱き上げられて、レオは慌てて彼の肩につかまった。

「こういうのはよせって…」

「なぜ?」

「女じゃないんだから」

「お前を女だと思ったことはないぞ」

「そりゃそうだろうけど」

「これは単に、一刻も早くお前の中に入りたいからだ」

彼の言葉に下半身を直撃され、レオの身体から力が抜けてしまった。もし自分で立っていたら、膝が崩れていたに違いない。

なんだろう。気持ちを確認したダグラスは、何も隠す気がないらしい。まだ実感が湧《わ》いていないレオには、刺激が強すぎる。

動揺しているうちに、ダグラスが寝室のドアを蹴り開け、レオをベッドに放り投げた。そのままの勢いで、のしかかってくる。

激しく唇を奪われて、レオの戸惑いは吹き飛んだ。

心臓が破裂しそうで、血が体内を駆けめぐる。彼はレオを必要だと言った。愛していると。これは、ただのセックスじゃなく、愛の行為だ。

そのことがようやく頭に浸透し、熱情となって燃え上がった。手を伸ばして彼のシャツをつかみ、もっと自分の上に引き寄せる。

もがくようにして、互いの服をはぎ取った。自分のシャツのボタンが飛ぶのもかまわず、レオはなんとかダグラスのジッパーを下ろす。

夢中で手を入れると、彼はすでに硬く脈打ち、その欲望が手に伝わった。彼がレオを欲しがっている。レオも同じだ。もうそれを隠さなくていい。こうやって抱き合っている限り、彼はレオのものだ。

もう二度と、絶対に離さない。

ダグラスはレオのズボンと下着を脱がせるや、膝を割った。確かめるように軽く指で触れただけで、欲望のままに腰を押しつけてくる。

レオは自ら足を広げて迎え入れたが、強引に侵入してきたものに小さく悲鳴をあげた。

「あ、あっ…」

「レオっ…！」

いつになく切羽詰まったような声で呼び、一気に奥深くまで突き入れられる。痛みに悶《もだ》えながらも、彼の性急さを受け止めようと肩にしがみつく。

全部を入れてしまうと、ダグラスは大きく身震いした。ようやく緊張が解けたように、筋肉がゆるむ。

肘《ひじ》をたてて上体を支え、レオの目を覗き込んできた。

切ないほどの優しさと、焼けつくような情熱を湛えたグレイの瞳。

子供の頃から知っていた彼とも、楽園での彼とも違う。これが、本当のダグラスだ。息苦しいほどの感情が胸に込み上げてくる。

どうしようもなく、彼を愛しているから。

ダグラスがレオの頬に触れた。レオも震えているが、彼も震えているようだ。彼の視線に捕らえられ、そこから目を離すことができない。

互いの目を見つめながら、彼がかすれた声を出した。

「大丈夫か?」

「いま、さら、聞くな…」

「すまん」

詫《わ》びるように唇を寄せ、顔のあちこちにキスされる。レオも自分がたてた爪のあとを、そっと撫でた。

乱暴で容赦のない、このひと突きに込められた意味を感じる。彼はいつも優しくて、レオを傷つけないように気を遣っていた。

でも、穏やかな仮面を脱ぎ捨てて、欲望をむき出しにした彼にぞくぞくしてしまう。求めて、求められている。

こんな日が来るなんて、思ってもいなかった。

彼の熱で内側から溶かされ、溶け合って一つになってしまえばいい。もう離れなくていいよ

うに。

「レオ」

「ん？」

ゆっくりと彼が腰を動かしたので、レオはぶるっと震えた。

「学生時代から俺を好きだとお前は言ったが、俺もそうだったかもしれない」

波のように押し寄せる快感に息をきらしながらも、レオは彼を睨んだ。

「嘘、つけ」

当時の痛みが胸によみがえってくる。

「恋人がいたじゃないか…っ」

「そうだ。でも誰と付き合っても、何か違うと感じていた。自分でも気づかなかったが、今思い返せばお前に何を言われても腹が立たなかったのは、惚れた弱みってヤツだったんだろうな」

「馬鹿、言え…」

ダグラスは少し笑い、またゆっくり突き上げた。

「あ…っ」

「お前を苦しめて悪かった。でも俺にとって、お前はずっと特別な存在だった。初めて出会ったあの時から」

「あ、ああ、ダグ…っ」

次第に動きが速くなり、レオは彼にしがみついた。どんどん高まっていく快感に視界がぼやけ、頭に霞《かすみ》がかかっていく。

激しい快楽の波に呑み込まれてしまう前に、レオは頭の隅で思った。現実世界に戻ってからも、ハッピーエンドになることがあるんだと。

エピローグ

肋骨の治療を終えたダントンは、録音テープを突きつけられると観念して、すべてを自供した。

ヘインズを撃ったのはやはりダントンで、レオから彼だけに話がある、と伝えておびき出したらしい。家に侵入したサムがレオを殴って気絶させたあと、すべてのお膳立てをしてからオヘアに連絡を入れたのだ。

残りの金は、ダントンの家の軒下に埋められていた。オヘアが数えたところ、一千万ドル近くあったそうだ。

それが偽札だと知らされた時、ダントンはしばらく言葉が出なかったという。

ダグラスはパークレンジャーの寮を出て、町外れに部屋を借りた。でもほとんど毎晩レオの家に泊まっているので、ここから仕事場に通っている。

気持ちのいい夕暮れ、レオはダグラスとポーチのベンチに座り、ビールを片手にロッキー山脈を眺めていた。

「お前、たまには自分の家に帰ったらどうだ？」

レオがそう言うと、ダグラスは片眉を引き上げた。

「俺の家？」

「せっかく借りたのに、家賃がもったいないだろ」

「別に住むつもりはないから、帰らなくてもいいさ」

今度はレオが眉を上げてしまう。

「じゃあ、どうして借りたんだよ」

「いきなりお前の家に転がり込むと、お前が気にしそうだから。ほかに俺が住む住所があったほうが安心できるだろう？」

レオはまじまじと彼を見つめてしまった。

ダグラスは知っていたのだ。ゲイだということで、レオが持っている負い目を。たぶん、ダグラスを引き込んでしまったという、罪悪感も。

何しろ彼はヒーローであり、町の人気者なのだ。その彼の相手がレオだなんて知られたら、大騒ぎになることだろう。

「俺は何も気にしないんだが」

のんびりと言うダグラスに、レオは溜息をついた。

「お前がいいなら、いい」

「え?」

「ここに越してこいよ」

「いいのか?」

「どうせ毎晩いるんだし、部屋ならある。家賃がもったいないし」

「嬉しいよ、レオ」

肩をぐっと抱き寄せられる。彼の胸にもたれて、レオは目を閉じた。木と草と、湿った土の匂い。どこか甘い、ダグラスの匂い。

彼がいれば、ここも楽園になる。

「もしお前がFBI捜査官になっても、心配はいらない」

「え?」

レオはぎょっとして目を開け、身体を離した。

「FBIって…」

「採用試験を受けるんだろ?」

「それは…」

「お前の夢を邪魔するつもりはない。赴任地がどこになっても大丈夫だ。国立公園はアメリカ中にあるからな。移動願いを出せば傍にいられる」

「………」

彼がそんなことまで考えていたなんて。照れくささと嬉しさで、つい皮肉っぽい口調になってしまった。

「妙なことだけ気のまわる奴だな」

「そうか？　でも大事なことだろう」

「傍にいないと、欲求不満で浮気しそうか？」

ダグラスが苦笑した。

「大学時代に離れたのを後悔してるんだ。そのせいで、ほかの男にお前を取られたし」

「取られたって…」

「俺より先にお前を抱いた奴に腹が立つ。もっと早く、お前を俺のものにしておけばよかった」

「ば、馬鹿っ」

レオは赤くなった顔を隠すために横を向いた。

「別に妬《や》く必要なんかない。彼とは友達の延長みたいな感じで、お前とは違う」

恋人になって分かったことは、ダグラスがけっこう恥ずかしいことを平気で言うということだ。

いまだにレオは慣れなくて、そのたびに動揺してしまう。

「それに、ＦＢＩについても、ちょっと考え直した。テレビで見て憧れてたのと違うと分かったし、もっと違う夢ができた」

「どんな夢だ？」

「ダントン保安官があんなことになって、つくづく考えさせられたよ。今は俺が保安官代理だが、いずれは『代理』を取りたいと思ってる」

平和で退屈な日々。でもそれが、ほんの一瞬で崩れ去ることを知った。町の人がずっと平和で退屈な日々を送るために、目を光らせておく人間がいる。

かつて、父がそうしていたように。

「今回のことで知名度は上がったし」

事件の真相は瞬く間に知れ渡り、町を歩くといきなり励まされたり、疑ったことを謝られたりする。ダントンにはある意味、感謝する部分が多いのかもしれない。

ダグラスが真剣な顔で頷いた。

「それがお前の夢なら、俺は全力で応援する」

「お前も移動願いを出さずにすむしな」

「ああ」

　ダグラスはにっこりした。

「今度、二人一緒に休暇が取れたら、またあの狩猟小屋に行こう」

　あの日々を思い出し、うっとりとレオが呟《つぶや》く。

「暖炉の前で抱き合うために？」

「湖で裸で抱き合うのもいいな」

「お前、パークレンジャーのくせに、そんなんでいいのか？」

「仕方ないだろう。お前の匂いを嗅ぐと勃起《ぼっき》するんだから」

「ば、馬鹿っ」

　またも動揺するレオを、ダグラスが笑って抱きしめる。レオはあの小屋と、湖を思った。美しく、何もかもが完璧な場所。

　でもこの世の楽園は、こんな近くにあったのだ。

あとがき

こんにちは。洸《あきら》です。

今回のアメリカものシリーズ（？）の舞台は、モンタナです。

前回は沙漠で水がなくて苦しそうだったため、次は水が豊富で緑の豊かなところにしよう、と思いまして、大自然の中になりました。

モンタナ出身といえば、カントリーボーイと言われるお土地柄。平和でのどかな町に、ある日飛行機が墜落し、副保安官のレオは捜査を開始。保安官というと西部劇っぽいですが、今でもちゃんと活躍しています。

捜査を続けるうちに、なぜかＦＢＩがやってきて、ついには殺人事件が。

無実の罪をきせられたレオは、幼馴染《おさななじ》みでずっと片思いしていたパークレンジャーのダグラスと、広大な国立公園の中に逃げ込むことになります。

アメリカには国立公園がいっぱいあって、とにかく広いです。モデルとした公園の広さを想像していただくなら、東京《とうきょう》都の二倍くらいあると思ってください。えんえんと続く森林に、七百もの湖。

美しい湖のある森の中で何をしてるかというと、読んでいただければ分かると思います…。イメージとしては、森のクマさんに一生懸命嚙《か》みついているライオンの子供、というところでしょうか。

でも実は、クマさんは肉食のグリズリーだったという…（笑）。

素直になれない副保安官と、完全無欠（でも鈍感）なパークレンジャーとの逃避行をお楽しみください。

挿絵は和鐵屋匠《わがねやたくみ》さんに描いていただきました！　制服姿もカッコよくしていただいて、感謝感激です。

素敵なイラストをご堪能ください。

なお、私は「祭り囃子《ばやし》」というサークルに所属しております。イベントなどにもそこで参加してます。　http://www1.odn.ne.jp/matsurib/

ブログもちまちまっと更新しておりますので、お暇な時はのぞいてみてください。

最後になりましたが、読んでいただいた読者の皆さまに、厚く御礼申し上げます。

二〇一二年　早春　洸

この本を読んでのご意見、ご感想を編集部までお寄せください。

《あて先》〒105－8055 東京都港区芝大門2－2－1 徳間書店 キャラ編集部気付
「サバイバルな同棲」係

■初出一覧
サバイバルな同棲……書き下ろし

Chara

サバイバルな同棲

【キャラ文庫】

2012年4月30日　初刷

著　者　洸
発行者　川田　修
発行所　株式会社徳間書店
〒105-8055　東京都港区芝大門2-2-1
電話048-451-5960(販売部)
03-5403-4348(編集部)
振替00140-0-44392

印刷・製本　図書印刷株式会社
カバー・口絵　近代美術株式会社
デザイン　間中幸子
編集協力　押尾和子

ISBN978-4-19-900661-6

キャラ文庫最新刊

サバイバルな同棲

洸

イラスト◆和鐵屋匠

とある町で殺人事件が発生!? 疑われたのは保安官のレオ。潔白を証明しようと、パークレンジャーのダグラスを頼るけれど…!?

捜査一課の色恋沙汰　捜査一課のから騒ぎ2

愁堂れな

イラスト◆相葉キョウコ

同居＆コンビを組む、捜査一課の結城《ゆうき》と森《もり》田《た》。そんな折、森田の元相棒が仕事に復帰！ 嫉妬する結城は、単独捜査に乗り出して!?

両手に美男

鳩村衣杏

イラスト◆乃一ミクロ

恋人募集中のサラリーマン・来実《くるみ》。親友の榊《さかき》原《ばら》にフリーライターの弓削《ゆげ》を紹介され、一目ボレ♥ けれど、榊原にも告白されて!?

森羅万象　水守の守

水壬楓子

イラスト◆新藤まゆり

高校生の忍《しのぶ》は、川で溺れていた奇妙な動物を拾う。犬に似たそれを密かに飼うけれど、以来、夜な夜な綺麗な男に誘惑されて…!?

5月新刊のお知らせ

榊 花月 ［綺麗なお兄さんは好きですか？］ cut／ミナヅキアキラ

秀香穂里 ［閉じられた過去を探して(仮)］ cut／有馬かつみ

春原いずみ ［光射す方へ(仮)］ cut／Ciel

水無月さらら ［顔を洗って出直しますよ(仮)］ cut／みずかねりょう

お楽しみに♡

5月26日(土)発売予定